Brahe y Kepler

El misterio de una muerte inesperada

Para Antoni

Editorial Bambú es un sello
de Editorial Casals, S. A.

© 2011, M. Pilar Gil
© 2011, Editorial Casals, S. A.
Tel.: 902 107 007
www.editorialbambu.com

Traducción: Paco Saula
Diseño de la colección: Miquel Puig
Diseño de la cubierta: Fabio Sardo

Primera edición: septiembre de 2011
ISBN: 978-84-8343-152-8
Depósito legal: M-26801-2011
Printed in Spain
Impreso en Anzos, S.L., Fuenlabrada (Madrid)

Brahe y Kepler

El misterio de una muerte inesperada

M. Pilar Gil

bam bú

EDITORIAL

Parte I. Tycho Brahe

Capítulo 1. *Fatum*
Viernes, 12 de octubre de 1601
Palacio Curtius, Praga

Se avecinan tiempos difíciles; la conjunción de la Luna y Saturno así lo predice. La oposición de Marte y Júpiter presagia muerte y traición.

Querría deshacerme de esta sensación de mal augurio, pero la posición de los astros vaticina un escenario que concuerda a la perfección con mi estado de ánimo.

Es noche cerrada. El frío y el silencio de mi habitación me resultan opresivos. Me gustaría salir corriendo, encender los candelabros, despertar a todo el mundo y volver a oír voces, música y risas que me hagan olvidar mis temores. Pero la casa duerme o, al menos, lo aparenta.

Esta noche, sin embargo, cuando podía haber tenido toda esa compañía, la he menospreciado. Durante la cena, no he querido participar en la conversación que han mantenido los pajes y los cocineros sobre las excentricidades del emperador y sus supuestos episodios de locura. Me han molestado las habladurías y aquella manera de mofarse de una situación que aún no se sabe hasta qué punto va a afectarnos a nosotros y, sobre todo, al maestro Tycho. En aquellos momentos, lo que yo quería era retirarme a mi habitación, pero los platos se sucedían y parecía que no iban a acabarse nunca. Es gentileza del maestro que en la cocina se sirvan los mismos platos que en la mesa principal, donde comen él y su familia, sus asistentes y los visitantes. La comida siempre es espléndida y la cerveza, abundante. Yo, con mi hambre voraz —«es que está creciendo», es el comentario de los cocineros cuando ven cómo rebaño los platos—, normalmente lo devoro todo. Pero no ha sido así esta noche. Apenas he podido probar bocado. Mi extraña actitud ha acabado por llamar la atención del servicio y me he convertido en el blanco de su chismorreo —¡todo un honor, haber sustituido al emperador!—. He tenido que oír burlas del estilo: «Nat es demasiado refinada para estas conversaciones», «tal vez sea el amor...; ya va siendo hora de que se busque un marido. El maestro Tycho no puede tenerla aquí en casa tanto tiempo, sin hacer nada. Ya ha sido bastante caritativo con una desconocida» y «¿creéis que nos dirá el nombre de su hombre? ¡Seguro que, con los humos que se gasta, se ha buscado, por lo menos, un noble!».

Sus carcajadas no me han permitido oír que se ha abierto la puerta de la cocina, pero sí la voz irritada de

Longomontano, quien, tras abandonar la mesa principal, ha reclamado a los camareros en el comedor. Es poco frecuente que uno de los astrónomos asistentes del maestro Tycho se acerque a la cocina. Su entrada ha hecho enmudecer todas las voces. Después de llamar a los camareros, se ha vuelto hacia mí y con un «ven, Nat», me ha llevado fuera de la cocina. Las burlas del servicio, que se han reanudado en cuanto he cerrado la puerta, han resonado en mis oídos cuando Longomontano, girándose hacia mí, me ha dicho con gravedad:

–No les hagas caso. Ya sabes que eres como una hija para el maestro Tycho; confía en ti y te necesita. No le falles ahora –y, tomándome suavemente por la barbilla, me ha hecho levantar la cara–. Mañana regreso a Dinamarca –ha continuado–. Prométeme que serás fuerte, Kara Nox.

Únicamente he sido capaz de asentir con la cabeza, antes de su regreso a la mesa del maestro Tycho.

Mientras voy subiendo la escalera hacia mi habitación, un pequeño cuarto en el desván de la mansión, he oído de nuevo risas provenientes de la cocina y, de pronto, he pensado que yo no tengo nada que ver con esas personas y que, aun habiendo crecido junto a ellas, me resultan extrañas. La simpatía con la que me trataron de niña ha desaparecido al hacerme mujer. Quizá sin quererlo, he levantado una muralla entre ellas y yo, y, al tiempo que ha crecido mi indiferencia, lo ha hecho su envidia y su incomprensión.

¡Cuán lejos están de imaginar la razón de mi extraño comportamiento! No, no es el amor lo que me quita el apetito. Es el miedo.

Tendida sobre la cama, donde me he dejado caer nada más entrar en mi cuarto, he recordado la última vez que Longomontano me llamó «Kara Nox», latinizando mi nombre, como tiene por costumbre. Fue en nuestra añorada Dinamarca, en los jardines de Uraniborg, el castillo del maestro Tycho, el día de la coronación del rey Cristiano, en agosto de 1596. El maestro había partido hacia Copenhague para asistir a la ceremonia. Su amistad con el difunto rey Federico, padre de Cristiano, su reconocimiento como mejor astrónomo de Dinamarca y su condición de noble, descendiente de dos de las familias más influyentes del reino –los Brahe y los Bille–, le aseguraban un puesto de honor en la lista de invitados.

Uraniborg se vistió de gala para celebrar la coronación. Los escudos de armas de la familia, desplegados por las paredes del castillo, competían con las flores de los manzanos y los enormes parterres de brezo, que crecían armónicamente, formando un cuadrado alrededor del círculo que ocupaba el edificio principal. El día era espléndido. Los jóvenes astrónomos asistentes del maestro Tycho, su mujer y sus seis hijos, los criados y todos los residentes en el castillo, nos hallábamos en los jardines disfrutando del sol y la brisa suave, que olía a mar. Practicábamos juegos de pelota y taba, comíamos jugosos melocotones que nos dejaban en la boca una infinita sensación de dulzura, y reíamos, reíamos mucho. Uraniborg era el castillo dedicado a Urania, la musa de la astronomía, el paraíso que había hecho construir el maestro Tycho con el beneplácito del rey Federico, para convertirse en el principal centro de observaciones y estudios astronómicos de Europa. Aquel era mi mundo, en el que siempre había vivido. Era sólido como una roca alzándose en medio del mar. Con la inocencia de mis diez años, no podía imaginar que algún día ese mundo se acabara. Longomontano, mi buen amigo, estaba cerca de mí, bromeaba y se reía conmigo, como lo había hecho desde que llegó al castillo, cuando yo era solo una niña y él, un estudiante pobre y humilde que destacaba en astronomía y había sido recomendado al maestro.

Con el tiempo, Longomontano se ha convertido en el más fiel de sus asistentes. Seguro que su partida entristecerá al maestro Tycho. Quizá casi tanto como a mí.

Solo han pasado cuatro años desde la ceremonia de la coronación, ¡y cuántas cosas han cambiado en nuestras vidas! ¡Qué distinto era el mundo que dejamos en Dinamarca del que tenemos aquí, en nuestro exilio dorado de Praga!

Me he sentado de un brinco en la cama. No puedo seguir recordando; estos pensamientos no tienen objeto alguno. El recuerdo de la vida pasada solo conseguirá hacerme sentir con mayor intensidad la desventura de la presente, reforzará mi temor a que se cumplan los malos augurios y las tristes predicciones de los astros. Tengo que salir de mi cuarto, demasiado pequeño y oscuro, e ir a un lugar cálido en el que me sienta al amparo de los recuerdos.

Me he dirigido hacia la estancia que el maestro Tycho usa como biblioteca, esperando encontrar el fuego encendido en el hogar y un buen libro entre los tres mil volúmenes que ocupan las estanterías de la sala. Al llegar a la biblioteca, he visto de reojo una figura vestida de negro que ha desaparecido por la puerta de la sala principal; a continuación, se ha oído un grito procedente de aquel salón. Aguzando el oído, he distinguido la voz irritada del maestro Tycho, gritando de nuevo:

–¡Kepler!

Parece ser que Johannes Kepler, el nuevo asistente del maestro, ha decidido que esta noche tampoco va a terminar de cenar en compañía de los demás asistentes. ¡Qué poco encaja este matemático en el palacio! La sencillez y austeridad de sus costumbres nada tienen que ver con el estilo fastuoso y el gusto por el lujo que imperan en el día a día de la casa del maestro. En más de una ocasión, ignorando las normas de cortesía, el asistente ha abandonado la mesa antes de acabar la cena, presumiblemente abrumado por las chanzas, las conspiraciones y el exceso de comida y bebida. Yo, a veces, me pongo en el lugar del pobre matemático. Puedo imaginar sus ilusiones, cuando dejó su profesión de maestro en Austria y emprendió el largo viaje a Bohemia, para trabajar junto al gran maestro Tycho Brahe. Modesto y piadoso, me lo figuro creyendo que llegaría a un templo del saber, a un sitio donde reinaría el silencio, propicio a la observación y al razonamiento. Lo que ha encontrado, en vez de eso, es el ambiente propio de una corte real.

Solo he tenido tiempo de coger un libro y sentarme en una de las butacas cercanas al hogar. Kepler ha entrado en la biblioteca, seguido por el maestro Tycho.

–¡Mis invitados no se retiran de la mesa hasta que yo no he terminado! –la voz del maestro Tycho ha resonado por toda la estancia.

–Yo no soy vuestro invitado –ha sido la áspera respuesta de Kepler.

También es mala suerte que hayan escogido la sala en la que yo estoy para enzarzarse en una de sus discusiones. Afortunadamente, mi butaca queda fuera de su vista, en una suerte de alcoba formada por dos librerías dispuestas en rinconera. Ellos no pueden percatarse de mi presencia, mientras que yo, con solo levantar un poco los ojos, los veo perfectamente. He considerado la conveniencia de hacerles notar mi presencia, pero, por miedo a molestarlos, he desistido. Kepler, muy irritado, ha seguido hablando:

–¡Invitado a vuestra mesa! ¡Lo cierto es que, con el trato que me dispensáis, mi lugar habría de estar en la cocina, entre los criados!

–¿El trato que te dispenso? ¡Recibes la misma consideración que mis asistentes más fieles! ¡Tus privilegios

y obligaciones son equiparables a los que tiene Longomontano, o Tengnagel, que, además de mi asistente, es
mi yerno!

La indignación del maestro Tycho es evidente; camina
de un lado a otro de la sala mientras Kepler permanece inmóvil, con una mano apoyada en la mesa. Hablan en latín,
la lengua que siempre utiliza el maestro para tratar las cuestiones importantes. Reserva el danés para las conversaciones con la familia o las órdenes a los criados. Cuando ha
pasado cerca de la gran chimenea, al lado de donde yo me
encuentro, el resplandor de las llamas le ha iluminado la
cara y ha hecho que le brille la nariz. Me ha parecido que la
tiene algo torcida.

–¡Pero yo no soy un simple asistente más! No abandoné mi trabajo en Austria y embarqué a mi familia en
un viaje infernal solo para ayudaros en vuestros estudios.
No quiero ser otro de los jóvenes astrónomos que tenéis a
vuestro alrededor. Quiero ser vuestro igual.

Me he quedado sin aliento ante esta muestra de arrogancia de Kepler. Espero un furioso rugido por parte del
maestro Tycho; de hecho, es lo mínimo que cabe esperar
del enrojecimiento de su rostro. Para mi sorpresa, ha respondido en un tono calmado:

–No puedes ser mi igual, Kepler. Yo, no solo he pasado
más de la mitad de mis cincuenta y cuatro años de vida estudiando el cielo, recopilando las observaciones más precisas que nunca se hayan hecho sobre la posición de las estre-

llas y los planetas; no solo he sido amigo y asesor del gran Federico de Dinamarca. Soy el matemático imperial de Rodolfo, emperador del Sacro Imperio y, además, me enorgullezco de llamar amigos a los mejores astrónomos y pensadores de Europa. Me invitan a todas las cortes. Reyes y emperadores me quieren a su lado, piden mi consejo. Y tú, joven Kepler, ¿qué crees que te da derecho a igualarte a mí?

–Nos iguala el deseo de conocer la verdad, de ir más allá de lo que nos han enseñado y de lo que está escrito. Tanto vos como yo queremos comprender las leyes de la naturaleza, deseamos entender la mente de Dios. Todo cuanto existe a nuestro alrededor sigue unas normas básicas y, conociendo las que rigen el movimiento de los astros, tengo por seguro que podremos llegar a descifrar todos los secretos de la astronomía. Hay una armonía celeste y daré mi vida por perdida si no consigo explicarla.

Kepler ha hecho una pausa durante la cual he notado el efecto de sus palabras en el maestro Tycho. Me resulta difícil entender que a dos personas tan distintas las mueva el mismo deseo, que tengan una causa común que trascienda sus diferencias mundanas. Por un lado, puedo ver la figura corpulenta de Tycho Brahe, ataviada con ropas de seda y terciopelo, de colores dorados y carmesíes, los cabellos rojizos clareando a la altura de la frente, del mismo color que su gran bigote y barba, de los que tan orgulloso está. Su complexión sanguínea, probablemente reforzada por el vino que habrá tomado copiosamente durante la cena de la que acaba de disfrutar, contrasta con la de Kepler, austera, insignificante incluso, de carnes magras, vestido con ropas negras que confieren un tono grisáceo a su piel. Pero la determinación que puedo leer en sus caras, el brillo de sus ojos, me permiten ver los rasgos que tienen en común: ambos sienten pasión por el conocimiento, se igualan en la defensa de sus ideas, y ambos pueden ser irritables, orgullosos y muy obstinados.

–Conocéis mis pensamientos y habéis leído mis escritos –ha continuado Kepler–. Sabéis que estoy en condiciones de demostrar el misterio del universo y que he encontrado la razón geométrica que podrá explicar las órbitas de los planetas. Vos disponéis de la herramienta que incuestionablemente me permitirá probarlo: el registro de vuestras observaciones sobre la posición de los astros. Necesito los datos precisos, vuestras cuidadosas mediciones; deberíamos apreciar con orgullo que el trabajo de vuestra vida sirva para demostrar la armonía de las esferas.

–¡Ya te doy las observaciones! –ha saltado el maestro Tycho. Es evidente que ha hecho un gran esfuerzo por controlar su indignación. Me sorprende la paciencia que muestra con Kepler; no encaja con su temperamento–. ¿Acaso no te he dado los datos para que calcules la órbita de Marte? Es el trabajo de mi mejor ayudante y te lo he dado a ti. ¡Creo que no puedes quejarte de mi trato!

–¡Migajas!¡Migas de datos que dejáis caer en la mesa durante la cena, entre los chismes y las bromas que compartís con vuestra familia! ¡Migajas, como si alimentaseis a vuestro perro! –las manos de Kepler, tras alzarlas y colocarlas en las sienes, se han puesto lívidas–. Voy a volverme loco con este goteo intermitente de la información que necesito. Sé que si pudiese hacer los cálculos con todos los datos de que disponéis, en ocho días podría presentaros los resultados que, de una vez por todas, explicarían las incongruencias en la órbita de Marte.

El cuerpo del maestro Tycho se ha estremecido con una carcajada.

–¡Ya me habían advertido que estuviera preparado para tu arrogancia! Pues bien, Kepler, tendrás que demostrarme de qué eres capaz con las migajas que te suministro –ha añadido, y ha seguido en un tono mucho más grave–. ¿Cómo pretendes que entregue el trabajo de mi vida a una persona en la que no confío, que en el pasado se alineó junto a mis enemigos y que, por encima de todo, defiende el sistema de Copérnico y considera que el Sol es el centro del sistema planetario? ¿Crees que voy a entregar mis datos a alguien que puede traicionarme?

El gris de la cara de Kepler va aumentando de tono conforme el maestro Tycho habla. La rigidez de su cuerpo muestra la tormenta que se libra en su interior. Cuando ha retomado la palabra, Kepler lo ha hecho con la voz mudada:

–Vos sabéis que, si no confiáis en mí, si no me dais acceso a todos vuestros datos, me veré obligado a irme de

Praga. Tanto mi mujer, a quien no sientan bien en absoluto los aires de Bohemia, como yo os estamos agradecidos por alojarnos en vuestra casa, pero no queremos vivir de la caridad. Puedo volver a Austria, a seguir con mi trabajo de maestro, o tal vez empezar estudios de medicina. Aún tengo amigos en la universidad y sé que me recibirán con los brazos abiertos.

La amargura con que se ha expresado deja entrever sus verdaderos pensamientos: Kepler sabe que fuera de Praga no hay lugar para él y su familia. Se exilió de Austria a raíz de los problemas religiosos originados por la decisión del archiduque de expulsar a los luteranos. No puede volver allí. El único lugar del Imperio para un ferviente luterano que acepta y comprende las demás creencias es Praga, la ciudad tolerante. Kepler es consciente de ello.

–Vete, si crees que es lo mejor para ti y tu familia. ¡Que nadie pueda decir que te quedas contra tu voluntad en la casa de Tycho Brahe!

Con estas palabras en la boca, el maestro Tycho ha abandonado la biblioteca. Camina inseguro, como si llevase un gran peso sobre los hombros. Y entonces me he dado cuenta de que dejar marchar a Kepler le supone un gran sacrificio. Kepler necesita los datos del maestro Tycho como este necesita su ayuda. La ardua labor a la que ha consagrado su vida, el conjunto de datos y observaciones sobre los astros, anotados metódicamente día tras día y noche tras noche, requieren una mente lógica capaz de sumergirse en ellos y extraer las leyes del cielo. El futuro del maestro Tycho corre parejo al de ese matemático extraordinario. La determinación de los pasos de Kepler al salir de la estancia me ha hecho ver que él ya ha tomado una decisión.

He puesto de nuevo mi atención en el libro que tengo sobre las rodillas, que abandoné por completo durante la conversación. He intentado concentrarme en la lectura, pero ha sido en vano: estoy demasiado inquieta tratando de calcular las consecuencias de la discusión que acabo de presenciar. Con un suspiro he cerrado el libro, dispuesta a llevármelo a mi habitación. Pero aún no han terminado los sobresaltos en la sala. Al pasar junto a uno de los divanes pegados a la pared, he notado un ligero movimiento, casi imperceptible. Me he girado y he oído una risita burlona y unos pies pequeños que han desaparecido bajo la mesa. No soy la única que ha oído la disputa. Jepp, el bufón del maestro, también estaba allí.

Y ahora estoy aquí sentada, en mi habitación, intentando calmar tantas aprensiones, anotándolas. Me siento muy cansada, pero no quiero dormir. A ratos se me cae la pluma, el sueño me vence; entonces, me visitan pesadillas en las que aparecen los pies de Jepp, las manos lívidas de Kepler, los hombros abatidos del maestro Tycho, y me despierto con la tristeza contenida en la suave caricia de Longomontano.

A través de la ventana trato de distinguir los astros. De pequeña, cuando me sentía abatida y apesadumbrada, la visión de las estrellas me reconfortaba. Su regularidad, el mismo patrón repitiéndose cada noche, cada amanecer y cada estación, me daba seguridad. Después de una larga noche sabía con certeza que vendría el alba, que podía contar con la presencia segura del Sol, aunque se ocultase tras las nubes y que, después de noches de ser invisible, la Luna iría creciendo hasta convertirse en llena. La certeza de saber que había algunas cosas inamovibles me daba coraje e, incluso, sensación de inmortalidad. Pero esta noche los astros me son esquivos. La niebla que entela el cielo los difumina y parece que juegan conmigo, que se esconden de mi vista. Quieren confirmar sus malditas predicciones.

¡Oh, si yo fuera capaz de cambiar el destino, si lograra discernir lo que es real de lo que tan solo es ignorancia y superstición!

Capítulo 2. *Nox*
Sábado, 13 de octubre de 1601
Palacio Curtius, Praga

Hoy el día se ha despertado resplandeciente. Cuando me he levantado, un cielo claro, totalmente limpio de nubes, aseguraba una jornada luminosa. La espesa niebla había desaparecido y, con ella, los temores e inquietudes que me habían oscurecido el día anterior. Siempre me ha admirado cómo un simple cambio de tiempo puede afectar a mi estado de ánimo. Me he lavado un poco los ojos con agua de la jofaina y he dejado resbalar cuerpo abajo las enaguas y el camisón de lana que las cubría. Me he apresurado a salir de la habitación, quizá con la remota esperanza de darle otro adiós a Longomontano.

En la escalera me he cruzado con Magdalene, una de las hijas del maestro Tycho, que, tímidamente, me ha pedido consejo.

—Aplicaos este destilado en la raíz del cabello, extendedlo con el cepillo y veréis cómo en unas semanas lo tendréis largo y espeso —le explico mientras le muestro un frasco que contiene un líquido de color ámbar. No estoy segura de que ese destilado de miel vaya a solucionarle los problemas de su cabello, pero no le hará ningún daño. La pobreza de su cabellera, la falta de brillo y la calvicie incipiente no pueden curarse desde fuera. Antes habría que tratar la melancolía que se ha apoderado de su corazón desde que su prometido la ha abandonado. Y no es que a ella le importe demasiado ese compromiso; de hecho, nadie pidió su opinión, pero la renuncia cuando ya habían comenzado las negociaciones previas a la boda le ha cerrado las puertas a futuros matrimonios; ningún otro hombre va a querer casarse con una mujer repudiada. El abandono del novio ha dejado a la hija del gran maestro Tycho sin posibilidad de tener herederos.

Magdalene me ha acompañado a mi reino, una pequeña habitación en los bajos del palacio donde elaboro tinturas, cordiales, jarabes y emplastos. Me gusta esa habitación. Es pequeña, mucho más que la que teníamos en el castillo de Uraniborg, adosada al laboratorio; pero es toda mía, mi dominio. Puedo pasarme horas en ella, mirando los colores y las formas de los más de doscientos frascos que atestan las paredes, llenos de confituras, tisanas y ungüentos. Siempre bajo a mi reino justo después de levantarme, ya que, a esa hora, los primeros rayos de sol que

24

entran por el tragaluz de la pared llenan la habitación de resplandores ocres y anaranjados, e iluminan las hierbas que, puestas a secar, cuelgan del techo. De vez en cuando, las sacudo para oler su aroma. Me gusta mirar la alacena de cristal donde guardo las sustancias que, si cayesen en manos profanas, podrían resultar mortales. El vaivén de la llave de la alacena en mi pecho es testimonio de la confianza que el maestro Tycho tiene depositada en mí.

Pero, aun con el placer que me produce observar todas estas cosas en mi habitación, nada es comparable a la satisfacción que obtengo cuando extraigo el alma de las hierbas, mezclo las sustancias de los frascos y las transformo hasta que mudan de color, de propiedad o, incluso, de estado.

El arte de crear sustancias que pueden curar me liga a una práctica tan antigua como la propia humanidad, a una tradición que pasa de madres a hijas, de abuelas a nietas. Pero no fueron ni mi madre ni mi abuela quienes me la enseñaron; de hecho, yo no he tenido nunca familiares. Aprendí el uso de esas sustancias en Uraniborg, en el castillo del maestro Tycho.

Tanto él como sus asistentes eran conscientes de que, ya desde que era muy pequeña, me escapaba de la cocina, donde tenía mi sitio, y limpiaba los restos de ollas, calderos y sartenes para espiar sus quehaceres en el laboratorio. Aquel recinto era mucho más interesante que la cocina, donde siempre se oían gritos y jadeos. Me fascinaba ver cómo en el laboratorio los asistentes producían enormes columnas de humo sin que fuego alguno calentase los líquidos. Era magia, y yo, curiosa y descarada, quería conocer los secretos de aquel arte. De modo que un día, hará ahora más de seis años, cuando tenía ocho, me planté frente al maestro Tycho, cuando salía del laboratorio, en Uraniborg:

–Quiero aprender –le solté.

Él bajó la vista y se percató de mi presencia.

–¿Y qué quieres aprender? –me preguntó con una sonrisa. Sabía que, a pesar de mi insignificancia, el maestro Tycho me tenía un cariño especial. Tal vez por eso me atreví a continuar.

–Quiero saber cómo se hace humo –le respondí flojito, con la mirada clavada en el suelo.

Su sonora carcajada resonó por todo el castillo. A partir de aquel día, dejé de fregar calderas de guisar en la cocina para pasar a limpiar alambiques de vidrio en el laboratorio. Y aprendí. Por las noches perfeccionaba mi pobre latín gracias a los libros que me dejaba Longomontano, y así podía seguir las conversaciones del maestro Tycho con los asistentes. Mientras limpiaba, no perdía detalle de cuanto ocurría en el laboratorio, y con el tiempo me convertí en su ayudante. Finalmente, yo también fui capaz de hacer humo.

El maestro Tycho seguía a distancia mis progresos.

Cuando su hermana, la señora Sophia, pasaba temporadas en el castillo, me enseñaba el secreto de las hierbas y me explicaba el modo de extraerles el poder. Hará unos cuatro años, justo antes de nuestra marcha forzada de Dinamarca, el maestro Tycho me confió la llave de la alacena y, con ella, la responsabilidad de aliviar los males de los habitantes de su casa.

Un tímido toque en la puerta me ha arrancado de mis recuerdos. Ha entrado Regina, la hijastra de Kepler, que a veces acude a mi cuarto a visitarme. Es, más o menos, de mi edad, y a mí me resulta agradable hablar con ella. Me gusta su interés por conocer el significado de los nombres que aparecen en los frascos y, aunque a menudo sospecho que ese interés es fingido y que solo quiere pasar un rato conmigo para huir del ambiente del palacio, que le es hostil, le explico de buena gana las propiedades de las sustancias y la utilidad que tienen. Hoy, mientras estaba ojeando los frascos, se ha fijado en un bote especial, distinto del resto, que reposa apartado en un extremo de la estantería.

–¿Qué hay en este bote? –me ha preguntado.

–Goma arábiga –he respondido como quien no quiere la cosa.

–¿Goma arábiga? ¿Y qué cura eso? –ha dicho mientras ha cogido el bote y ha mirado su contenido a contraluz.

–No cura nada. Solo pega –sé que esta respuesta no será suficiente para satisfacer su curiosidad, y me he preparado para la pregunta siguiente.

–¿Y qué es lo que hay que pegar? –me ha vuelto a preguntar.

–La nariz del maestro Tycho.

Aún no había terminado mi respuesta cuando Regina se ha puesto a reír. Yo, a regañadientes, he esbozado una sonrisa que ha terminado con las dos tronchándonos de la risa. Estoy tan acostumbrada a la nariz metálica del maestro, que normalmente no pienso en ello; no me doy cuenta de su rareza. Pero hoy solo ha hecho falta la risa desinhibida de Regina para constatarlo. Y es cierto que la resina amarillenta de ese bote, que nos llega de África –donde se obtiene de las ramas de las acacias–, es la que usa el maestro Tycho para rellenar el pequeño estuche que lleva siempre consigo y que se aplica en la nariz cada vez que nota que se le ha movido. Tiene dos narices. Una es de cobre, que es la que lleva casi siempre. La otra es de un color mucho más parecido al de la carne, hecha de una aleación de oro y plata que, debido a la dureza de los metales, le resulta muy pesada y solo se pone en ocasiones especiales, si bien frecuentes en una persona habituada a convivir con reyes y nobles.

–¿Es cierto lo que cuentan, que le cortaron la nariz en una pelea? –me ha preguntado Regina cuando finalmente ha conseguido dominarse.

–No deberías creerte las historias que cuenta la gente –le he dicho.

No sé muy bien por qué, pero me resulta desagradable hablar del incidente de la nariz. Quizá porque el propio maestro Tycho jamás lo menciona, como si evitar hablar de ello pudiera borrarlo. Lo que sí es cierto es que si alguien, a priori, considera que Tycho Brahe es un personaje pintoresco a causa de su nariz, en cuanto inicia una conversación con él, olvida la nariz postiza y queda prendido de su personalidad, exuberante y fascinante por sus conocimientos.

—Pero tú sabes lo que ocurrió, ¿no? —ha hurgado Regina.

Yo sí sé lo que sucedió. Hace años, la señora Kristine, la esposa del maestro Tycho, me contó cómo fue el accidente. He decidido contárselo a Regina; de lo contrario, a saber en qué tipo de reyerta se imaginaría que se había visto envuelto el maestro.

—Ocurrió hace muchos años —he empezado. Regina, con actitud de no perderse un detalle de lo que voy a explicarle, se ha sentado en una de las sillas de madera que hay junto a la mesa donde hago las mezclas—, cuando el maestro Tycho era joven y estudiaba en la universidad.

—¡Se peleó por una mujer! —me ha interrumpido Regina.

Haciendo caso omiso, he continuado con mi relato:

—Por lo visto, era un joven orgulloso y tozudo. Tanto es así que durante una fiesta de compromiso matrimonial inició una discusión con otro noble, danés como él, sobre quién de los dos era mejor matemático. Imagino que, en conjunto, fue por efecto del vino, pero la afrenta debió de ser muy grave, pues al coincidir ambos de nuevo, unos días después, en otra fiesta, retomaron la discusión, que esta vez acabó en un duelo. Probablemente

Tycho era mejor matemático, pero el otro era más rápido con la espada, y nada más comenzar el combate, le seccionó parte de la nariz.

–¡Vaya forma estúpida de perder una nariz! –ha comentado Regina, puede que algo decepcionada porque no hubiera una mujer detrás del incidente.

Yo, que hasta entonces no me lo había planteado, he intentado imaginarme cómo se sentiría un hombre joven al verse sin nariz. Los meses de agonía que debió de sufrir después del duelo. Supongo que, en un principio, se sintió aliviado porque el corte no había resultado mortal y la herida no se había infectado, pero luego..., ¿cómo asumió el hecho de haberse convertido en una rareza? La gente, siempre tan escrupulosa, ¿se fijaría en lo que le faltaba antes de reconocer lo que poseía? No obstante, conociendo el carácter práctico y ejecutivo del maestro Tycho, no me extrañaría que hubiera dedicado muy poco tiempo a esa clase de cavilaciones. Seguro que enseguida empezó a experimentar, a mezclar distintos metales hasta dar con los que conseguirían la coloración más parecida a la carne, los que luego utilizaría para hacerse una nueva nariz. Tal vez, incluso, a raíz de aquel incidente nació su interés por el arte de curar y transformar sustancias. Su interés y mi pasión.

–No entiendo qué placer se halla en ser el mejor matemático o el mejor astrónomo –ha añadido Regina mientras machaca en el mortero unas flores de hipérico que luego queremos poner a macerar en aceite para elaborar un ungüento para remediar el dolor de espalda–. ¡Fíjate en mi señor Kepler, mira dónde nos ha llevado su obsesión por las matemáticas! Hemos perdido nuestras posesiones, el dinero de mi madre, todo, todo se ha quedado en Austria, ¿y para qué? Madre, siempre triste, le recrimina habernos arrastrado hasta aquí. Mi señor, atormentado, se arrepiente de haber venido, pero sabe que no tiene otro sitio adonde ir. Entre tanto, nos dice que esperemos, que ya vendrán tiempos mejores, y habla de unos tesoros que posee el maestro Tycho y que tarde o temprano serán suyos.

He supuesto que los tesoros en cuestión son las observaciones astronómicas tan vivamente codiciadas por Kepler.

–No sé cómo Kepler puede esperar tesoro alguno del maestro Tycho. Él no es miembro de su familia. ¿Cuánto hará que se conocen? ¿Un par de años, tal vez? Además, su relación no es precisamente una balsa de aceite –como siempre que intuyo un posible ataque contra el maestro, me he puesto a defenderlo con vehemencia, aunque hay que reconocer que mi defensa no siempre está bien justificada.

–Sí, es lo que le digo a mi madre. Y, además, ¿a quién le interesan los datos sobre la posición de los astros? –ha añadido Regina, confirmando así mi sospecha sobre la naturaleza de los tesoros antes mencionados–. Si se tratase de dinero o posesiones, todavía lo entendería, pero... ¿mediciones? ¡Venga ya!

¡Qué mente tan práctica, la de mi amiga!

Mientras ayudo a Regina a poner en un vaso de vidrio las flores trituradas, a las que ya hemos añadido aceite y que dejaremos reposar al sol durante un mes, ella ha continuado hablando:

—¿Tienes alguna idea de cómo empezó esta manía por las observaciones astronómicas en el maestro Tycho? —me ha preguntado en un tono de burla que me ha molestado.

—¡No es ninguna manía! —le he respondido enojada—. ¡Es la labor de toda una vida, el objetivo que se propuso cuando era un joven aristócrata incomprendido por buena parte de la nobleza, incluso por muchos miembros de su familia!

Entonces me he dado cuenta de la energía de mi respuesta y he moderado el tono:

—La señora Sophia me contó que fue un eclipse de Sol, cuando el maestro Tycho tenía trece años, lo que despertó su interés por la astronomía.

—¡Yo también vi un eclipse el verano pasado, en Graz! —me ha interrumpido Regina—. Subimos a lo alto de una colina y desde allí observamos cómo, poco a poco y en pleno día, el cielo se iba oscureciendo hasta que el día se transformó en noche. Entonces se vio un anillo de luz alrededor del Sol que nos hizo lanzar un grito de espanto a todos cuantos estábamos en la cima del monte. Pero lo que más me gustó fue aquella luminosidad roja, más allá del horizonte, como una hermosa puesta de sol. No sé si me explico: el Sol estaba allí, pero no estaba; veía su anillo de fuego, pero al tiempo me parecía que se esfumaba por el horizonte. Fue una contradicción deliciosa y, a decir verdad, lamenté que volviera la luz del día y que tuviéramos que bajar de la colina. ¡Quizá fue algo parecido lo que experimentó el maestro Tycho cuando vio su primer eclipse!

–Es posible, pero en su caso no fue el eclipse lo que más le impresionó. De hecho, sucedió antes, cuando escuchó a sus profesores hablar sobre el eclipse que iba a verse al cabo de unos días. Esa era la cuestión: se dio cuenta de que se podía predecir el momento en que ocurriría algo que, hasta la fecha, para él, solo era fruto del azar. Le maravilló que fuera posible conocer de forma tan pormenorizada el movimiento de los astros y que, años antes de producirse un acontecimiento, este ya fuese pronosticable junto con la posición del Sol, de la Luna y de la Tierra. Se preguntó qué ciencia era capaz de vaticinar el futuro de tal modo. Cuando llegó el día del eclipse y todo sucedió como estaba previsto, decidió que tenía que conocer los secretos de la ciencia que estudiaba los astros.

–Y entonces se fue a la universidad a estudiar astronomía –ha concluido Regina.

–Pues no –he añadido–. Recuerda que el maestro Tycho es un noble y que sus obligaciones, como tal, son servir a su rey y al Estado. Su familia entendió el interés que mostraba por los astros como un pasatiempo, como una distracción más propia de un campesino que de un aristócrata. Lo mandaron a la universidad a estudiar leyes, para seguir su formación como hombre de Estado, pero él, de forma clandestina, se gastaba su asignación en libros de astronomía y filosofía que leía por la noche, a escondidas de su tutor.

»Gracias a un pequeño globo celeste, fue familiarizándose con las constelaciones que observaba en el cielo de Leibniz, la ciudad donde estudiaba; con un trozo de cordel que alineaba entre dos estrellas y un planeta, calculaba su posición y anotaba el resultado.

»Con tan rudimentario sistema hacía sus observaciones, que luego comparaba con las que aparecían en las tablas planetarias seguidas por todos los astrónomos. De este modo comprobó que él, con un par de compases que acercaba a sus ojos para medir el ángulo entre dos planetas, podía prever la fecha en que coincidirían sus trayectorias con mucha mayor precisión que las tablas que consultaba, las cuales presentaban errores que oscilaban entre algunos días y algunas semanas de diferencia. Así, con diecisiete años, decidió que era necesario hacer observaciones mucho más precisas y que él, Tycho Brahe, iba a ser el encargado de hacerlas.

–Sigo sin entender la necesidad de tanta precisión –ha insistido Regina, obstinada–. ¿No habían predicho las tablas existentes hasta entonces el eclipse que él vio unos años antes? ¿Por qué, entonces, había que cambiarlas?

–Olvidas la utilidad que tiene el hecho de conocer la posición de las estrellas y los planetas –le he dicho–. Sirve para establecer el calendario, para predecir horóscopos, advertir de plagas y desastres, para anunciar las fechas de nacimiento de los reyes, la muerte de los emperadores y la suerte de las batallas. ¿Te parece que estas predicciones no merecen unas mediciones cuidadosas?

Me ha parecido que finalmente estoy convenciendo a Regina. Al menos, ahora se la ve pensativa. Cuando ha reanudado la conversación, sin embargo, he comprobado que sigue otra línea de pensamiento:

–Esta mañana han ido los dos al castillo del emperador –ha soltado por las buenas.

–¿Quiénes? ¿El maestro Tycho y Kepler? –he preguntado sorprendida. Siempre me ha fascinado la capacidad de Regina para enterarse de todo cuanto ocurre en la casa.

–Así es. Los he visto muy pronto, desde la ventana de mi cuarto, cuando subían al carruaje. Por la ropa que llevaba mi señor Kepler, sé que iban a visitar a alguien muy importante.

Si es cierto que ambos han ido al castillo, eso significa que el maestro Tycho ha reconsiderado la discusión de la noche anterior y que quiere incluir a Kepler en sus asuntos con el emperador Rodolfo. Me ha extrañado. El maestro Tycho es un visitante habitual en el castillo, un igual entre los miembros de la corte del emperador y, además, desempeña el cargo de matemático imperial, lo que le franquea la entrada. Pero, ¿Kepler? ¿Qué pinta este pobre y gris matemático en el castillo más lujoso del Imperio?

He recogido las vasijas de vidrio, los morteros y los aparatos de medir que hemos usado para el ungüento, me he puesto la mano en el pecho para comprobar que llevo la llave de la alacena, como acostumbro a hacer siempre que salgo de la estancia, hemos abandonado el cuarto y nos hemos dirigido a la parte noble del palacio.

–¡Nat, Nat! –he oído que me llaman mientras subimos por la escalera. La voz parece venir de la cocina–. ¡Ven, ven rápido! ¡Jarmila se ha quemado la mano!

Mientras voy corriendo hacia la cocina he visto, de reojo, que Jepp venía de la escalera con el disfraz de bufón.

Allí, en la cocina, los pajes trataban de reanimar a Jarmila, que yacía en el suelo junto al asador. Las voces de los cocineros, que hacían aspavientos quejándose de que solo les faltaba aquello a la hora de más trabajo, contribuían a crear un clima de conmoción que no era precisamente el más indicado para la pobre Jarmila. Es probable que hubieran ordenado a la muchacha cuidar del asado, aunque su trabajo es lavar los platos. La vara de hierro con los faisanes atravesados que reposaba en el suelo evidenciaba que dar vueltas al asado había resultado un trabajo demasiado penoso para la débil criatura. Estos pensamientos acuden a mi cabeza mientras lanzo una mirada de indignación a los cocineros y doy un trapo empapado en vinagre a los pajes para que lo coloquen debajo de la nariz de la chica.

Una rápida ojeada a la mano de Jarmila me ha confirmado que la quemadura no es demasiado grave y que la miel que acertadamente le había aplicado uno de los pajes prevendrá futuros males. La chica ya ha vuelto en sí y, llorosa, ha regresado al trabajo junto al asador. Yo me he llegado hasta mi pequeño cuarto y he untado una gasa con sebo, agua de rosas y siempreviva para vendarle la mano. Y entonces he tenido una extraña sensación, como si en la habitación las cosas no estuviesen como yo suelo dejarlas. Ha sido tan solo una sensación, porque, cuando he observado a mi alrededor, no he visto con certeza nada que estuviera fuera de su sitio. Sin embargo, no he podido quitarme la impresión de que alguien ha entrado en el cuarto.

Al regresar a la cocina me he enterado del motivo de tanto ajetreo. Este mediodía reina una atmósfera de alegría en el palacio; todo el mundo parece feliz y el maestro Tycho, participando del sentimiento general, ha ordenado comidas copiosas y bebida abundante. En la sala noble, la mesa está dispuesta con gran esplendor y los comensales, sentados a su alrededor, festejan las ocurrencias de Jepp, que, vestido con colores rojos y amarillos, y con un ridículo sombrero de tres puntas que imita las orejas y la cola de un asno, da volteretas por la sala mientras entona una cómica melodía.

Regina, sentada junto a su madre en uno de los extremos de la gran mesa, me ha visto cerca de la pared y me ha hecho un gesto con la mano para que me acerque. Su cara está radiante. Al oído, y de forma entrecortada por el tumulto de la sala, me ha dicho que tiene buenas noticias. He sabido, de este modo, que la visita de Kepler al castillo ha sido muy provechosa. Al presentarlo al emperador Rodolfo, el maestro Tycho le ha asegurado un salario y una ocupación. De hecho, lo ha honrado. El maestro ha propuesto al emperador que Kepler se encargue de hacer los cálculos, basados en sus datos, que, una vez recopilados, darán lugar a las tablas astronómicas más precisas que nunca se hayan publicado y que, en reconocimiento al emperador, se llamarán Tablas Rudolfinas. Según Regina, esa misma noche el maestro Tycho tiene una cena en casa de uno de sus amigos, donde dará a conocer a la nobleza de Praga el encargo del emperador.

Los ojos de Regina brillan al relatarme estas nuevas y he notado que se alegra por su padrastro con una intensidad que va más allá de la codicia o la necesidad de seguridad. Se alegra por lo que esto representa para el futuro de Kepler, por su reconocimiento social y el avance de sus estudios. Y entonces me he dado cuenta de que, aun siendo Regina fruto del primer matrimonio de su madre, y aunque Kepler no es más que su segundo padrastro, la chica siente gran estima por él; un amor que, con toda seguridad, se ve correspondido. Y, después de estas reflexiones, mi apreciación de Kepler ha cambiado. Al menos, un poquito.

Al mismo tiempo –todo hay que decirlo–, me he puesto a calcular rápidamente el alcance de la propuesta del maestro Tycho al emperador. En el curso de algunas horas su postura ha variado por completo. De negar a Kepler el acceso a la totalidad de sus datos, ha pasado a proporcionarle libre acceso. No alcanzo a comprender las razones que lo habrán llevado a actuar así, pero estoy convencida de que el maestro Tycho lo ha hecho movido por algún poderoso motivo. Y es que no hay que ser muy perspicaz para darse cuenta de que con un encargo tan relevante ha proporcionado a Kepler la clave para convertirse en su sucesor en la corte imperial.

Y me he dirigido adonde se encuentra el maestro Tycho, rodeado de su esposa y sus hijas, contento y feliz como no lo veía desde hacía tiempo. Diría que da la impresión de que es un hombre liberado. A pesar de su aspecto vacilante por la gran cantidad de vino ingerido, se le ve poderoso, lleno de vida y sano, muy sano. He mirado al joven Kepler y me ha parecido que, por vez primera desde que llegó a la casa del maestro Tycho, hay una nota de alegría en su cara.

Contemplando su sonrisa, me he preguntado si Kepler va a ser capaz de esperar.

Domingo, 14 de octubre de 1601
Palacio Curtius, Praga

Algo me ha hecho saltar de la cama con un sobresalto. No se trata de una pesadilla, pues al despertarme no me he sentido perdida entre recuerdos. Más bien ha sido un presentimiento. Pero esto me resulta fácil de decir ahora, mientras escribo, cuando tengo presentes los acontecimientos de la noche.

Sin moverme de al lado de la cama y escuchando con atención, he comprobado que reina el silencio; no he percibido ningún movimiento ni ningún sonido fuera de lo normal. Al mirar por la ventana he visto que fuera es noche cerrada y que el sol aún no ha hecho intento de romper la oscuridad; ha vuelto la niebla de la noche anterior y, aunque me he esforzado, no he sido capaz de distinguir ninguna forma ni movimiento en el exterior. Lo único que me ha devuelto la mirada ha sido el tenue reflejo de mi figura en el cristal de la ventana, una imagen oscura como la noche que contemplo, oscura como mi nombre, Nat. Y así, sin prestar atención al frío que asciende por mis pies descalzos, me he quedado junto a la ventana, con el pensamiento perdido en el recuerdo de la leyenda de mi entrada en el mundo del maestro Tycho.

Me lo han explicado tantas veces, que a menudo tengo la sensación de que lo recuerdo y, aunque yo era una criatura de meses, soy perfectamente capaz de imaginar la escena. La llevo grabada en la mente.

Fue durante una noche de noviembre, en Dinamarca, en el castillo del maestro Tycho, en Uraniborg, tras unos cuantos días de lluvias ininterrumpidas que no habían permitido a los astrónomos hacer ninguna medición. Aquel día la lluvia se detuvo a media tarde y los asistentes estaban esperanzados: por fin podrían hacer observaciones. Pero la humedad que reinaba en el ambiente distorsionaba la luz de los astros y hacía imposible la obtención de datos precisos sobre sus posiciones.

Dispuesto a entrar en el edificio, decepcionado por lo que la noche les había deparado, uno de los ayudantes, un joven noruego llamado Konrad Axelsen, dirigió la mirada, habituada a la oscuridad, hacia los jardines del castillo. Allí distinguió una presencia –o tal vez debería decir una ausencia–, ya que percibió una discontinuidad en la renglera de plantas y arbustos que había diseñado el maestro Tycho. Aguzó la vista y le pareció ver un pequeño movimiento en aquella masa oscura. Llamó la atención de sus compañeros, quienes, convencidos de que se trataba de un perro acostado, empezaron a lanzarle cáscaras de nuez, los restos del alimento que consumían durante las largas noches de observación porque les proporcionaba calor y energía. Pero el perro no se movió y, hartos de aquel juego que no resultaba como esperaban, fijaron de nuevo la vista en el cielo.

Sin embargo, Konrad Axelsen, inquisitivo, quería saber qué clase de animal yacía en el jardín en una noche tan fría como aquella, insensible a los intentos de hacer que se fuese. Bajó del laboratorio y atravesó el jardín hasta llegar a la zona oscura; se agachó y vio un pequeño hatillo de ropa negra y arrugada. Según cuentan, el astrónomo alargó la mano para tocarlo y el grito que profirió puso en alerta a sus compañeros, que, muertos de risa, vieron cómo huía despavorido. Y es que, cuando lo tocó, el hatillo se puso a llorar.

Y así es como me encontraron, arropada en trapos negros que fueron desenvolviendo para descubrir que protegían un pequeño cuerpo de ojos oscuros, impenetrables, como el cielo que aquella noche se extendía sobre Uraniborg. Aunque ignoraba mi procedencia, el maestro Tycho me acogió en el castillo. Durante algún tiempo se habló de si era hija de alguno de los campesinos de la isla, pero nadie me reclamó. Para la mayoría de habitantes del castillo, sin embargo, yo era hija de la noche, y así es como empezaron a llamarme: Nat, los que hablaban en danés, y Nox, los que lo hacían en latín. Y era todavía muy pequeña cuando advertí que cuando, con mi cabellera suelta, negra como la noche, pasaba cerca de los campesinos, los mayorales o las comadres de la isla dibujaban en el aire una estrella de cinco puntas para protegerse contra las negras artes de la brujería. Con los ojos llenos de lágrimas le pregunté a la señora Sophia por qué lo hacían, y ella me contó que la noche en que me encontraron, aunque los días anteriores había llovido y el suelo estaba muy enfangado, a mi alrededor solo estaban las huellas que había dejado Konrad Axelsen cuando me encontró.

Y esa misma imagen oscura que hacía estremecer a los habitantes de la isla, hoy, catorce años más tarde, me devuelve el reflejo de la ventana. La misma cabellera larga, espesa y negra que, desafiando normas y costumbres, llevo extendida a mis espaldas, los mismos ojos oscuros e inescrutables, la misma frágil figura.

De pronto, un inesperado sonido de ruedas fregando el suelo me ha hecho bajar la vista hacia el camino que conduce al palacio. Es un carruaje que avanza muy deprisa conducido por dos lacayos que, al llegar frente a la puerta del palacio, han saltado al suelo sin esperar a que los caballos aminoren el galope.

Los golpes en la puerta y los gritos pidiendo ayuda se han visto rápidamente atendidos. Cuatro hombres con antorchas, que he reconocido como miembros del servicio, han salido corriendo. A la sazón, parece que todos estaban despiertos en la casa y, por el barullo que se oye, diría que se disponen a bajar para saber qué nuevas traen los lacayos. Yo, desde mi posición privilegiada –la ventana de mi cuarto está directamente sobre la entrada–, no pierdo detalle de la conmoción. Y entonces, al ver que entre todos sacan un cuerpo inmóvil del interior del carruaje, no he podido evitar soltar un grito de espanto.

Los aterradores presagios de los astros se han cumplido esta noche. El mal augurio se ha apoderado de esta casa y no quiero pensar qué será de nosotros si el maestro Tycho ha muerto.

Capítulo 3. *Morbus*
Domingo, 14 de octubre de 1601 (continuación)
Palacio Curtius, Praga

Los gritos de la señora Kristine al ver el cuerpo inerte de su marido se han oído por todo el palacio. Son unos alaridos que ponen la piel de gallina, como el aullido lastimoso de un cachorro cuando lo separan de su madre. Unos gritos de desesperación, de pérdida. He bajado corriendo la escalera que da al vestíbulo. Los portadores del cuerpo del maestro Tycho se dirigen a su habitación. Tienen que abrirse paso entre los habitantes de la casa, que se amontonan como una avalancha sobre el cuerpo del maestro para comprobar su estado.

La conmoción es terrible, casi tanto como la confusión. Todos parecen darlo por muerto, pero nadie confirma nada. De hecho, tiene la boca abierta y emite unos débiles sonidos, como estertores. La señora Kristine y sus hijas tienen un aspecto enfermizo, el color ha desaparecido de sus rostros y únicamente la tensión de sus cuerpos evita el desfallecimiento. Debo ocuparme de ellas, suministrarles un cordial para tratar de reanimarlas, pero no quiero irme de allí hasta conocer el estado del maestro Tycho.

Ahora que ya han transcurrido unas horas y me encuentro describiendo la escena, me doy cuenta de los pequeños detalles que han quedado fijados en mi recuerdo, y sé que cuando piense en ello evocaré siempre la doble cadena de oro con el medallón del elefante, el obsequio del rey de Dinamarca que el maestro Tycho solía llevar con orgullo prendido del cuello, destacando sobre el rico traje de terciopelo, de un negro que contrastaba con la palidez de su rostro y con la blancura de las camisas y gorros de dormir que llevábamos los que estábamos a su alrededor.

Cuando he logrado acercarme a la señora Kristine, he visto que se ha abierto de nuevo la puerta principal y que han entrado dos hombres. Uno es el conde Von Rosenberg, el anfitrión de la cena a la que había asistido el maestro Tycho aquella misma noche, mientras que el otro, a quien nadie parece conocer, tiene todo el aspecto de practicar la medicina. La presencia autoritaria de ambos se ha hecho notar y enseguida han colocado el cuerpo del maestro Tycho en uno de los divanes de su habitación, donde el médico se ha dispuesto a examinarlo.

De repente, al desaparecer el cuerpo de nuestra vista, en el palacio ha comenzado una frenética actividad, para ocupar las horas de espera hasta conocer el alcance de la dolencia del maestro. En la cocina, adonde he ido para preparar una bebida caliente a las señoras, los pajes atizan el fuego mientras los cocineros y las criadas amasan pan y preparan comida, más propia de un almuerzo que de un desayuno. El portero y el mayordomo van de un lado a otro, atendiendo la puerta y acompañando a la sala a los visitantes que, a pesar de lo intempestivo de la hora, se han acercado a la mansión al enterarse de la desgracia.

Cuando todavía estoy en la cocina, uno de los pajes enviados por el médico a buscar agua caliente nos ha traído novedades:

–Es la vejiga –ha dicho, vanagloriándose de ser el portador de la información. Y ha añadido enigmáticamente–: Reventada.

–¿Una vejiga reventada? ¿Qué estupidez es esa? –le ha preguntado el mayordomo desde el fondo de la cocina, mientras mata el tiempo y la ansiedad sacando lustre a las botas. Quizá la pregunta servirá para bajar los humos al paje.

–La vejiga del maestro Tycho, señor, se ha reventado mientras cenaba en casa del señor conde –ha respondido en tono más humilde.

–¡Tonterías! –ha sentenciado el mayordomo. El pobre muchacho ha enmudecido.

Pero el paje tiene razón; el maestro Tycho está grave, muy grave. Hay pocas esperanzas de que se salve. ¡Oh, señor! ¿A qué tanta bebida, tanto exceso? ¿Quedará una vida tan grande oscurecida por tan ridícula muerte?

Y es que, según el relato del médico, corroborado por el conde y el canciller Minckwicz, que es quien había acompañado al maestro Tycho al banquete, el excesivo celo en guardar el protocolo y la negligencia en su propio bienestar, le habían llevado hasta ese estado. Durante la cena en casa del conde, la bebida y la comida habían sido abundantes, y el maestro Tycho, como tiene por costumbre, había hecho honor a la mesa. Y, por lo visto, a causa de la gran cantidad de líquido que había bebido durante el banquete y del vino que había consumido antes aquí, en casa, le había sobrevenido una gran necesidad de orinar. Pero las normas de etiqueta no permiten que un invitado se levante de la mesa antes que su anfitrión, así que el maestro estuvo mucho tiempo aguantándose la orina, a pesar de la gran presión que sentía en la vejiga. Al terminar el banquete, la compresión y el pinchazo que sentía eran enormes y, cuando al fin pudo excusarse, ya no fue capaz de orinar. Y así ha sido como, inconsciente a causa del dolor, lo han traído a casa.

Domingo, 14 de octubre de 1601 (continuación) Palacio Curtius, Praga

Padecer retención de orina es un mal síntoma. Según los dos libros de remedios que guardo en el cuarto, las causas pueden ser diversas, como también las posibles curas. He preparado la receta que me ha encargado el médico, pero no confío demasiado en su poder. No entiendo cómo el hueso de aceituna, pulverizado y disuelto en cerveza, puede aliviar la enfermedad del maestro, aunque tal vez mi reticencia se deba a la desconfianza que me inspiran los médicos, a pesar de sus estudios. De todos modos, tenemos suerte de que no haya venido un barbero.

Antes de llevar el remedio a la habitación del maestro Tycho, me he acercado hasta la de la señora Kristine. Me la he encontrado sola, tendida en la cama, con el desolado aspecto de quien, de pronto, se ve perdido.

–No estéis aquí sola, señora; ¿queréis que llame a una de vuestras hijas? –le he preguntado, turbada por su aspecto.

Ha dicho que no con un tenue movimiento de cabeza, casi imperceptible. He supuesto que ha pedido a sus hijas que la dejen sola y, entonces, sin inmiscuirme en su buscada soledad, he dejado sobre la mesa la tisana que le he preparado, dispuesta a retirarme discretamente.

Justo al girarme hacia la puerta, he oído su voz dulce, llamándome.

–Nat –ha repetido mientras me he reclinado junto a la cama para poder oírla–, no los creas; no es la vejiga lo que está matando a mi señor.

–¿Cómo decís, señora? ¿Sabéis vos qué mal padece?

Nuevamente ha movido la cabeza con dificultad, negando derrotada.

He estado un rato junto a ella. La tengo cogida de la mano. Sé que no va a decirme nada más, pero en estos momentos nos une el silencio. Puedo sentir su pena y compartir su dolor. Y es que nuestros pasados están ligados a la compasión del maestro Tycho, y nuestros futuros se presentan yermos sin su guía.

Que el maestro Tycho escogiese a Kristine como compañera pone de manifiesto, una vez más, una enorme fuerza de voluntad y, también, una gran tozudez. Ella no pertenecía a la nobleza; el mundo del que procedía y en el que se había criado no tenía nada que ver con el del joven Tycho. Él estaba destinado a un matrimonio de conveniencia que afianzase el poder y aumentase las posesiones de su linaje, pero, a pesar de la oposición de su familia y de las condenas de los otros nobles, hizo su voluntad y se casó con Kristine. Con esta unión, él no dejaba de ser un noble, pero su mujer no poseería nunca ese rango, y los hijos que naciesen podían ser considerados ilegítimos y nunca aspirarían a la herencia de su padre. Ahora, después de más de veintisiete años juntos, de haber disfrutado del esplendor de Uraniborg, de haber sido la señora del castillo y de haber probado la amargura de tener que abandonarlo, ella, siempre detrás de su marido, está en Praga, lejos de su tierra, ante la terrible posibilidad de perderlo. Y mientras, en la corte de Praga, se debate la posibilidad de conceder a la familia del maestro Tycho ciudadanía y título nobiliario, un proceso que quedará en suspenso si él fallece.

Poco a poco noto cómo se relaja la crispación de su mano y la respiración se hace lenta y pausada. Parece dormida; yo, sin hacer ruido, he abandonado la habitación y he ido al cuarto del maestro Tycho para darle la medicina. La habitación está en penumbra; no han encendido el fuego del hogar, pero aun así, el maestro está empapado de sudor. Junto a él, Jørgen, el más joven de sus hijos, mira a su padre con la expresión angustiada de quien nada puede hacer para aliviarle el sufrimiento. El silencio es absoluto, solo roto de vez en cuando por los gemidos del enfermo y los sollozos de Jepp que, todavía con el sombrero de tres picos, está tendido a los pies de la cama de su señor, como un perro fiel.

Me he acercado a la cama y he reemplazado a Jørgen. He empezado a limpiar con una gasa el sudor del maestro Tycho. Nunca había visto tanta tristeza en su mirada. Sus ojos, siempre tan vivos, hoy están opacos y hundidos, casi ocultos en el rostro hinchado. Yo quiero llorar, pero no delante de él. No son mis lamentos lo que el maestro Tycho necesita. Ahora requiere mi fortaleza y yo estoy dispuesta a representar la vitalidad que a él le falta. Estoy frente a un hombre enfermo, pero no ante un hombre acabado. Sé que, a pesar de su frágil aspecto externo, su corazón sigue siendo tenaz y su voluntad, tan férrea como siempre. Y merced a esta certeza no me ha extrañado en absoluto que, con energía, con un fuerte manotazo, haya tirado el frasco con la medicina que le he alcanzado. Ha salpicado toda la cama y la habitación se ha impregnado del amargo olor de la cerveza.

En este momento, mientras estoy limpiando la almohada, he tenido la certeza de que el maestro Tycho me necesita. En un momento en que he acercado mi rostro al suyo, he visto que trata de decirme algo. He acercado la oreja a su boca y ha susurrado: «Triaca de Venecia».

He salido de la habitación con el vigor que da la sensación de saberse útil. Sé a qué se refiere el maestro Tycho. La triaca de Venecia es la base del codiciado elixir que él creó para prevenir la peste. Se trata de una especie de jarabe hecho a partir de la mezcla de muchos ingredientes pulverizados –puede que, incluso, más de cincuenta–, que se usó desde la época del emperador Nerón. Se consideraba una panacea, pues se decía que curaba desde la sordera hasta las piedras del riñón, la lepra o la tos. Al parecer, también aliviaba las dificultades con la orina y los problemas de vejiga. Pero la principal virtud de la triaca, la razón por la cual se creó en tiempos del Imperio romano, es que era un eficaz antídoto contra venenos y ponzoñas.

Lunes, 15 de octubre de 1601
Palacio Curtius, Praga

Aunque no he pasado buena noche, atenta a las llamadas que me llegaban desde la habitación del maestro Tycho, esta mañana he salido hacia el castillo del emperador en cuanto me he levantado. El maestro, que todavía no ha podido orinar, seguía sintiendo fuertes dolores en el bajo vientre que no le permitían dormir. He marchado, pues, a buen paso, quizá algo aliviada de alejarme, siquiera por unos momentos, de la atmósfera de sufrimiento que reina en la casa.

Praga me sonríe. Me gusta esta ciudad vibrante y llena de vida que, ya de buena mañana, rebosa de actividad. Todo el mundo tiene cabida en la tolerancia de Praga. Aquí, a diferencia de lo que ocurre en otros lugares del Imperio, católicos y protestantes conviven en armonía, sin conflictos. Y esto es posible gracias a nuestro emperador, Rodolfo, que, con su gusto por la cultura, no solo ha convertido Praga en el núcleo político del Sacro Imperio, sino que también ha hecho florecer las artes y las ciencias. Porque, a despecho de la imagen tímida que ofrece y de su reclusión voluntaria entre las paredes del castillo, ha sabido rodearse de los mejores artistas, científicos y filósofos, y ha sido su mecenas. En el caso de mi maestro, además, le ha ofrecido su amistad.

Mientras me adentro por las calles que conducen al castillo y me abro paso entre las paradas de los mercaderes que, hablando en lenguas desconocidas para mí, me ofrecen telas, cestos, botas y aguardientes, mi resolución va menguando a medida que empiezo a inquietarme al pensar cómo haré para pedir lo que voy buscando. En el palacio del maestro Tycho no puedo preparar la triaca que me ha pedido, pues, aunque dispongo de un cuarto bien provisto de sustancias, me faltan algunos ingredientes básicos, como la carne de víbora. Y tengo entendido que el maestro Tycho dio al emperador la receta secreta de su elixir y que Rodolfo había elogiado sus efectos. Es seguro, por tanto, que en el laboratorio del castillo han preparado el jarabe; espero que no tengan inconveniente en darme un poco.

Al llegar al foso me he detenido para admirar la nueva cúpula de la torre de la catedral de San Vito, que destaca por encima de la torre del Obispo y forma un triángulo con el palacio de Rodolfo y el palacio real. Siempre me he quedado boquiabierta ante la magnificencia de las construcciones que hay en el interior del recinto del castillo; un panorama cambiante gracias a las mejoras que Rodolfo va introduciendo continuamente. A lo lejos se oyen los rugidos de los leones, inquietos en las leoneras que mandó construir el emperador. He seguido andando en dirección al belvedere, el palacio veraniego en el que el maestro Tycho situó sus instrumentos de observación, y me he parado a contemplar los colores anaranjados y rojizos que, ahora en otoño, ofrecen los espléndidos jardines del castillo.

He mostrado a los guardias una carta firmada por el maestro Tycho, el salvoconducto que me franquea el acceso a los edificios del castillo, y he entrado en la torre redonda, mucho más austera y compacta que las demás, el territorio de los alquimistas y boticarios al servicio del emperador.

Mi primera impresión ha sido de sorpresa, al ver que una escalera en espiral conecta entre sí las diferentes estancias que forman los laboratorios, pues estoy acostumbrada al laboratorio del maestro Tycho en Uraniborg, donde todos los instrumentos se encuentran en un gran espacio circular. Aquí, en las diferentes habitaciones, hay instrumentos de destilación y sublimación, hornos y calderas, baños de vapor y de ceniza. En una de las estancias hay un gran horno de reverberación que, supongo, se debe de utilizar para construir las campanas que coronan las torres el castillo. Hay algunas puertas cerradas, que quizá son los almacenes de madera y carbón, de sustancias y productos, y probablemente los dormitorios de los asistentes. No sé a ciencia cierta adónde voy; los pocos asistentes que se ven están absortos en su labor y no han prestado atención a mi entrada. Cuando, un poco más arriba de la escalera, he llegado a una estancia que he reconocido como el *adytum*, la cámara privada de los alquimistas, me he quedado en la puerta y he tosido levemente, esperando que la sombra que intuyo dentro de la sala se percate de mi presencia.

Al avanzar hacia la puerta he visto, por su indumentaria, que se trata de un alquimista. Es alto y esbelto, de figura muy agraciada, y un aspecto de picardía acentuado por el modo en que, inquisitivamente, levanta la ceja izquierda mientras se aproxima. Al mirarlo me he ruborizado.

–Veo que la curandera de Tycho Brahe quiere protegerse de los peligros de las calles de Praga –ha dicho mirándome con insolencia la cintura, de la que cuelga un manojo de hierbas aromáticas que siempre llevo cuando salgo del palacio para guardarme de miasmas y enfermedades. Y, sin dejar de andar en mi dirección, ha añadido–: ¿O tal vez son los peligros del castillo los que quiere evitar?

Mientras noto que el rubor me sube a las mejillas, me he dicho que no he empezado con buen pie mi visita al castillo.

–He venido de parte del maestro Tycho a pediros una botella de triaca de Venecia –he dicho precipitadamente.

El alquimista, supongo que por algo gracioso que ha sacado de mis palabras, ha soltado una carcajada.

–Vaya, por un momento, al ver el rubor de vuestro rostro, he creído que erais vos quien necesitaba una medicina.

En aquel momento he decidido que, a pesar de su atractivo y de la agradable sensación que siento cuando me mira, aquel alquimista no me gusta. Me perturba su frescura y tanto atrevimiento. Encima, para empeorar las cosas, pronto he descubierto que no tiene muy buen concepto del maestro Tycho.

–¿Ya sabéis que la triaca es peligrosa? –me ha preguntado mientras, bajando la escalera, me ha conducido a través del *probatorium*, la sala donde los asistentes están cuantificando la proporción de los metales en los minerales que tienen esparcidos sobre la mesa.

—No es para mí, es... —he enmudecido de golpe, mordiéndome los labios. ¿Por qué he tenido que soltar eso?

—¡Ah, es para vuestro maestro! —ha dicho el alquimista con aires de superioridad, mientras yo me maldigo por mi imprudencia.

Hemos llegado a un cuarto parecido a mi pequeño reino del palacio Curtius, pero con muchos más frascos y botellas, muchos más productos y muchos más armarios cerrados con llave. Me ha invitado a sentarme junto a un mostrador y él ha cogido una balanza. Se ha preparado para hacer una mezcla.

—Así que el gran Tycho Brahe teme por su vida —ha continuado—. Supongo que se lo habrán predicho los astros: el anuncio de su muerte. ¿Mi consejo? —ha añadido, aunque nadie se lo ha pedido—: Que no les haga mucho caso. Que recuerde cómo metió la pata cuando predijo la muerte del sultán Solimán y alguien le hizo saber que hacía más de un mes que había dejado el mundo de los vivos.

Me ha parecido de lo más impropio mencionar un error del maestro Tycho que, aunque fue harto vergonzoso, sucedió hace casi cuarenta años. Y habían sido mucho más numerosos los aciertos que los errores en sus predicciones. Y así se lo he transmitido a este joven descarado.

—Además —he añadido convencida, recordando una frase que el maestro suele decir—, el maestro Tycho piensa que el destino de los hombres no está absolutamente escrito en los astros.

–¿Ah, no? –ha preguntado enseguida, levantando pícaramente la ceja–. ¡Pues vigilad que no se entere el emperador, que se fía a pies juntillas de sus predicciones!

Otra metedura de pata. El alquimista tiene razón: el emperador Rodolfo acogió al maestro Tycho en la corte para que le asesorase en cuestiones personales y también sobre el curso de campañas militares y otros asuntos de Estado, utilizando sus conocimientos astrológicos. Que el maestro considerase estas predicciones como una pérdida de tiempo era algo que no debía llegar nunca a oídos del emperador. Y es que, aunque defendiera la influencia de los acontecimientos celestes en la vida terrenal, el maestro Tycho creía que la voluntad de las personas podía cambiar la influencia de los astros.

No sé qué me pasa esta mañana. O bien me fallan los reflejos, o bien he topado con un adversario que sacará punta a mi agudeza; uno que, para empezar, me desarma con la mirada.

El alquimista sigue hablando mientras cuela miel y malvasía por un filtro de crinolina.

–Y ahora se vuelve a equivocar, no con las predicciones, sino con su concepto del universo. Y yo me pregunto: ¿es que no es lo bastante bueno el sistema de Tolomeo? ¿No es lo bastante afinado para predecir los movimientos celestes? A mí me convence su sistema de esferas concéntricas que envuelven la Tierra y por las que circulan el Sol, la Luna y los planetas. Ahora nos enseñan el sistema del polaco Copérnico, que sitúa el Sol en el centro, con la Tierra y los otros planetas girando a su alrededor, y nos dicen que es el verdadero. Y, para acabar de arreglarlo, Tycho Brahe crea un sistema en el cual el Sol gira alrededor de la Tierra, ¡pero el resto de planetas lo hace alrededor del Sol! ¡Ah, y resulta que los tres sistemas son igualmente buenos para hacer las predicciones de los movimientos astrales!

En esos momentos he lamentado no haber estado más atenta a las afirmaciones astronómicas del maestro Tycho. Me gustaría ser capaz de defender sus teorías ante este alquimista, pero, aun habiendo sido su mejor alumna en alquimia y remedios, debo confesar que nunca he prestado mucha atención a la gran pasión de su vida, la astronomía.

El alquimista –en algún momento me ha dicho su nombre, pero no quiero escribirlo, seguiré llamándole *alquimista*– ha preparado un mortero y ha cogido varios botellines del especiero. Ha machacado canela, ruibarbo, semillas de escordio y pimienta blanca. Entonces me ha desconcertado. Ha empezado a hablar de otro tema, lo que me ha llevado a concluir que no es muy constante, sino que, más bien, se trata de un catacaldos.

–¿Sabéis cual es el componente principal de la triaca? –me ha preguntado con una expresión en el rostro que me ha hecho pensar que quizá es mejor no saberlo.

He asentido con la cabeza, para evitarme su explicación,

pero, haciendo caso omiso de mi gesto, ha seguido con lo suyo–: Es la carne hervida de las víboras –ha saboreado una pausa antes de proseguir–. Este jarabe se basa en la creencia de que, como estos animales son resistentes a su propio veneno, su carne también lo es, y desde hace siglos se usa para contrarrestar cualquier tipo de veneno. Los similares se curan con similares –y, de pronto, ha abierto la mano con la que sostenía la espátula en alto sobre el cuello del envase, se ha girado hacia mí y ha fijado sus ojos en los míos. Se me ha puesto la piel de gallina cuando le he oído añadir lentamente–: Todo depende de la dosis.

Ha seguido trasteando por el cuarto: coge viales y ampollas, pesa, diluye, filtra y mezcla. Y, aunque no ha dejado de hablar en ningún momento, mi mente, sin prestar atención a lo que dice, intenta adivinar qué ha querido decirme con lo de la dosis. ¿Me ha querido avisar de algo? Por otra parte, ¿por qué escucho embobada la cháchara del joven alquimista? ¿Por qué no logro apartar la vista de sus manos, fuertes y cuidadas, del anillo que lleva en el dedo corazón, mientras trajina con las sustancias? Me he engañado a mí misma diciéndome que lo que tiene a mi mente obnubilada es el olor de las especias que llena la estancia.

Al fin, cuando se ha dado por satisfecho, me ha alcanzado el preparado y, así, como por accidente, me ha tocado la mano y ha aprovechado para acercarme a él. Con una sonrisa maliciosa me ha dicho, bajito:

—Aquí tenéis vuestra triaca, curandera de Tycho Brahe. Y recordad: es solo la dosis lo que determina que un remedio no se convierta en veneno.

Soltando una risotada me ha dejado ir y yo, confusa, lo he visto desaparecer del cuarto, dejando un gran vacío con su ausencia. Lentamente, he bajado la escalera de la torre, intuyendo, más que viendo, a los asistentes, hasta que he salido a la claridad cegadora del sol de mediodía.

Cuando he llegado al palacio, sudada y cansada de la caminata, Regina ha venido a saludarme a la puerta.

—Caramba, Nat, tienes un aspecto horrible —me ha dicho con toda franqueza—, ¡parece que has visto un espectro!

Poco puede imaginar que lo que he visto tiene cara de ángel, aunque aún no he logrado descifrar si se trata del mismísimo diablo.

Miércoles, 17 de octubre de 1601
Palacio Curtius, Praga

En los últimos días, la salud del maestro Tycho ha empeorado. Al dolor y a la imposibilidad de orinar, se ha añadido un insomnio continuo que lo ha sumido en un estado de delirio.

Yo me paso buena parte del día en su habitación, pues a veces, cuando el delirio remite, el maestro Tycho me pide algún remedio, o incluso baja él mismo hasta mi cuarto para darme instrucciones sobre lo que quiere que le prepare. Continúa tomando la triaca, que yo dosifico con sumo cuidado, y le doy únicamente tres escrúpulos en cada toma. Pero la enfermedad progresa, y no parece que el jarabe le haga efecto.

Kepler también pasa mucho tiempo al lado del maestro. Se diría que toda la animosidad y el recelo que había entre ellos han desaparecido, y que en su lugar han crecido el respeto y la confianza. Otro residente continuo en la habitación es Jepp, que no se ha movido de los pies de la cama del maestro desde la fatídica noche.

No dejan de llegar visitas a la casa interesándose por su salud, y algunos se acercan a la habitación. Hay uno que es habitual, un familiar lejano del maestro; se trata de un conde sueco llamado Erik Brahe que, por lo que parece, aunque hace poco que contactó con él, se toma mucho interés en conocer su estado. No me gusta el tal pariente lejano; de hecho, desconfío de sus atenciones y tengo mis dudas sobre la sinceridad de su preocupación. No tengo razones objetivas para dudar de él, pero es un presentimiento. A menudo pienso en Longomontano y en la señora Sophia, y me gustaría que estuviesen aquí en estos momentos, junto a su maestro y su hermano, cuando él más los necesita.

Cuando no estoy en su habitación, estoy en mi cuarto preparando medicamentos para los miembros de la familia. La señora Kristine no se ha recuperado de la impresión de ver a su marido en el estado en que llegó, y constantemente debo suministrarle tónicos para que recupere la serenidad. También sus hijas se quejan de frecuentes dolores de cabeza, de modo que tengo preparados unos emplastos hechos a base de acelgas picadas para cuando necesitan ponérselos en la frente. Allí, entre los frascos de remedios y sustancias, en ocasiones mi mente viaja hacia la torre del castillo e imagino lo que debe de hacer el alquimista. Su imagen se me aparece resplandeciente y hace que me distraiga del cansancio y la tristeza que me acompañan estos días. No deseo volver a verlo, pero, al mismo tiempo, no me canso de revivir mentalmente las sensaciones que experimenté aquella mañana en el castillo, cuando estaba junto a él. Hasta que recuerdo sus advertencias sobre la dosis del antídoto. Entonces, el placer se transforma en inquietud.

Hoy, al regresar a la habitación del maestro después de una larga visita a la habitación de la señora Kristine, casi tropiezo con Kepler, que estaba recostado en la pared, junto a la puerta del maestro Tycho. Tenía las facciones desfiguradas, la cara desencajada y su aspecto me ha parecido de profunda amargura. Alarmada, y temiendo lo peor, he empezado a hacerle preguntas atropelladamente.

–¿Qué tenéis, señor? ¿Ha habido nuevas? ¿Es el maestro Tycho? –no he podido seguir, pues, al advertir él mi ansiedad, ha negado rápidamente con la cabeza.

–No, no. Sigue igual –ha replicado sin permitir que haga más indagaciones. Pero yo, con una insistencia poco habitual en mí, he seguido preguntando, inquieta por su aspecto.

–¿Y vos, señor, estáis indispuesto? Dejad que os traiga una jícara de vino; seguro que os sentará bien –he salido enseguida a por el vino, antes de que pueda rehusarlo, con la sospecha de que, al regresar, ya no lo voy a encontrar junto la puerta. Me ha sorprendido que, al volver con la bebida, siguiera allí y en la misma posición.

–Tened, señor –he esperado mientras se ha llevado la taza a la boca con un lento movimiento, que me ha parecido que se prolonga eternamente. La ingestión del líquido ha devuelto una pizca de color a su semblante grisáceo, e imagino que también le habrá repuesto parte de su energía. Entonces, le he sugerido que nos vayamos del corredor, donde, a buen seguro, su aspecto llamará la atención de los criados, y lo he llevado hasta un pequeño cuarto que utilizan las señoritas de la casa por las mañanas, donde el calor y la luz del sol les hacen compañía mientras bordan o se dedican a sus cosas. A esta hora seguro que está vacía.

Mientras ha tomado asiento frente a una mesita, donde he dejado reposar la tacita que aún tiene algo de vino, me he ocupado en encender un poco de fuego en la chimenea, matando el tiempo, esperando Dios sabe qué. Quizá ha sido por mi silencio, o por el incipiente respeto creado entre nosotros los días anteriores, mientras veíamos pasar el tiempo junto a la cama del enfermo, lo que ha animado a Kepler a hablar.

–Hace poco, allí, en la habitación, he hecho una promesa a un moribundo que sé que no voy a poder cumplir –ha dicho con amargura.

He dejado de atizar el fuego, me he incorporado y he tomado asiento al otro lado de la mesa. Le he acercado la jícara para que tome otro trago.

Entiendo muy bien que una promesa irrealizable tiene el poder de trastornar a alguien profundamente religioso como Kepler. Me pregunto qué debe de haberle pedido el maestro Tycho, pero la respuesta no se ha hecho esperar.

—El gran Tycho Brahe ha depositado toda su confianza en mí. Me ha pedido que siga con sus estudios —ha dicho alzando ligeramente la cabeza, como si el recuerdo le hubiera devuelto parte de su orgullo. Pero ha vuelto a agacharla al retomar el discurso—, pero, aunque sabe que soy defensor de las ideas de Copérnico, él quiere que presente mis demostraciones de conformidad con su hipótesis.

—Que la Tierra es el centro del universo —he añadido para evidenciar que lo sigo.

—Es lo que Tycho defiende: que los planetas giran alrededor del Sol, mientras que el Sol y la Luna lo hacen alrededor de la Tierra, un ingenioso sistema, si no fuera erróneo.

»¿Por qué es tan difícil admitir que el Sol es el centro de todas las cosas? ¡Mirad! —ha dicho con energía, señalando una de las ventanas desde la que se podía ver el Sol cercano al horizonte de poniente, a punto del ocaso—. ¿Podéis mostrarme algo que sea más radiante o esplendoroso? Dependemos de él, nos da la vida, es un fuego que nos ilumina y nos calienta. ¡Lo que yo encuentro imposible es imaginarme el Sol en cualquier otro lugar que no sea el centro de la creación!

Al comprobar que la luz ha vuelto a sus ojos, con una intensidad que me recuerda aquella noche en que pidió las observaciones al maestro Tycho, he osado continuar con la conversación.

–Pero si admitimos, como vos decís, que el Sol es el centro, entonces debemos aceptar que la Tierra se mueve.

–Ciertamente –ha manifestado, taxativo.

–Y, entonces, ¿cómo explicáis que, al lanzar un objeto al aire, muy hacia arriba, caiga en nuestras manos, en el mismo lugar desde el que lo hemos lanzado? Si la Tierra se moviese, el objeto debería caer en un punto que ya hemos dejado atrás –he añadido, recordando un argumento que había oído esgrimir a los que se negaban a admitir el movimiento de la Tierra. No quisiera pecar de inmodestia, pero me he quedado admirada de mí misma: estoy hablando de astronomía con un matemático a quien el maestro Tycho tiene en muy buena consideración.

–Con esta afirmación estáis suponiendo que los objetos se mueven siguiendo movimientos simples; en este caso, siguiendo una línea recta perpendicular al suelo. Pero eso no lo sabemos. El objeto podría seguir perfectamente un movimiento en diagonal, lo que explicaría que cayese en nuestros brazos, aunque nosotros nos hubiésemos movido con la Tierra. Solo podemos hablar de una línea recta y perpendicular si consideramos que la Tierra permanece inmóvil, con lo cual erramos, porque estamos dando por seguro lo que tratamos de demostrar.

No sé si entiendo del todo su argumento. De todos modos, he recordado las palabras del alquimista y, con algo de vergüenza por convertirme en su portavoz, se las he repetido a Kepler.

–Pero los tres sistemas, tanto los que dejan a la Tierra fija como los que la hacen girar alrededor del Sol, sirven igualmente para predecir el movimiento de los astros.

–Tenéis razón. Tolomeo fue un matemático excelente, realmente excelente –ha explicado con admiración–. Nadie como él ha sido capaz de aprovechar las observaciones que a lo largo de centurias recopilaron los antiguos estudiosos del cielo, para crear un modelo del cosmos y del movimiento de los astros tan bueno que ha perdurado durante catorce siglos. Y el modelo de Tycho, a pesar de que supone una Tierra inmóvil, es prácticamente equivalente al de Copérnico, y como este, proporciona cálculos precisos de predicciones astronómicas. Pero lo que les falta a ambos sistemas, al tolemaico y al ticónico, la pieza fundamental que permitirá hacer progresar el conocimiento, es la explicación física del movimiento de los planetas.

Y, tras hacer una pequeña pausa, durante la cual parece estar absorto en sus pensamientos, ha añadido:

–Únicamente el sistema de Copérnico es el que nos llevará a saber el porqué.

Al ver su determinación, he tenido la certeza de que Kepler sería quien nos conduciría a aquel conocimiento.

Capítulo 4. *Mors*
Miércoles, 24 de octubre de 1601
Palacio Curtius, Praga

—¡Haced que no parezca que he vivido en balde!

Como un poeta que compone las rimas de su propio epitafio, así el maestro Tycho, inmerso en una especie de apacible delirio, ha ido repitiendo esta frase una y otra vez, mientras que los que lo velamos vemos pasar las horas lentamente, esperando y temiendo al mismo tiempo la llegada del nuevo día.

Esta mañana, sin embargo, sin rastro alguno del delirio de anoche y con un semblante tranquilo y reposado, ha llamado a su familia y, dirigiéndose a la señora Kristine, a sus hijas y a su hijo Jørgen, les ha pedido coraje y les ha hablado de lo que le gustaría que hagan cuando él ya no esté. También ha tenido palabras para Kepler y el conde Erik Brahe, que se encuentran también en la habitación, junto a la cabecera de la cama.

Jepp se ha levantado del pie de la cama, ha rodeado los tobillos de su amo y maestro con sus pequeñas manos y le ha dedicado una mirada suplicante que lo mismo puede ser un clamor a que no parta, como a que le permita acompañarlo, llevárselo con él.

No he podido soportar la visión del bufón aferrándose de tal manera a los pies del maestro Tycho. He salido de la habitación como una exhalación, corriendo hacia mi cuarto.

Tiempo atrás, Longomontano me explicó que cuando alguien estaba enfermo, Jepp podía profetizar si la persona iba a morir o no, y que, hasta donde él sabía, el bufón no se había equivocado nunca.

Pero yo quiero creer que esta vez se equivocará. Que todo volverá a ser como antes, que volveremos a Dinamarca y que el castillo de Uraniborg estará resplandeciente como siempre, revitalizado con el entusiasmo del maestro Tycho. Quiero pensar que sus estudiantes y asistentes, los artistas y artesanos, volverán también; que la imprenta del castillo funcionará de nuevo; que el maestro gozará otra vez del favor del rey de Dinamarca y regresará triunfante a su imperio de observación y saber; y que será como Apolo, el dios del Sol, de la medicina, de la música y de la poesía.

¡Cuán fácil resulta dejarse engañar por los propios pensamientos!

Miércoles, 24 de octubre de 1601 (continuación)
Palacio Curtius, Praga

Once días después de enfermar, a la edad de cincuenta y cuatro años, nueve meses y veintinueve días, mi señor y benefactor, mi maestro Tycho, ha muerto.

Viernes, 26 de octubre de 1601
Palacio Curtius, Praga

Todos quieren ver el cuerpo del maestro Tycho. Conocidos y desconocidos, hombres de ciencia, aristócratas y plebeyos; todos pasan por el palacio Curtius impelidos por el afecto, el respeto, o simplemente la curiosidad de ver al difunto consejero del emperador, quizá con la intención de reírse del astrónomo de nariz metálica que fue tan mentecato que se provocó la muerte por no evacuar la orina.

Aunque admiro el civismo de la señora Kristine y de sus hijos –se muestran exquisitamente hospitalarios ante el continuo goteo de visitantes–, yo no puedo sufrir este circo, y me rebelo ante tal combinación de fisgoneo y sordidez.

A la gente que se ha reunido esta tarde en el palacio, no obstante, sí la mueve el deseo sincero de honrar a Tycho Brahe. Son sus antiguos colegas, los prohombres con quienes el maestro mantenía correspondencia sobre las últimas observaciones o sobre sus teorías. También están los artesanos a los que confió la construcción de los instrumentos de medición. Son personas, en definitiva, a las cuales, en algún momento de su vida, el maestro Tycho había admirado o apreciado.

–Lo que no me cabe en la cabeza, de todos modos –dice uno de los presentes–, es que una persona de la importancia de Tycho Brahe, hallándose a las puertas de la muerte, tuviera dudas sobre su propia vida y rezase para que no hubiera sido en vano.

Quien ha pronunciado estas palabras es un hombre joven. Probablemente había contactado hacía poco con el maestro Tycho y está claro que le profesaba gran admiración. Su afirmación ha sido replicada por un hombre viejo, cuyo nombre he sabido luego: Von Rantzau.

–Cuando ves que se te acaba el tiempo, te cuestionas la solidez de tu legado.

Nos encontramos en la sala noble del palacio, donde el cuerpo del maestro Tycho, tendido en una urna y rodeado de velas, preside el recinto. Las paredes se han cubierto de cortinas negras que impiden la entrada de luz exterior y que, junto al juego de luces y sombras de las candelas, contribuyen a conferir a la estancia un aspecto de cripta. He contado quince visitantes, además de los familiares del maestro. A pesar de sentirme algo mareada, probablemente por la mezcla de olores, la oscuridad y el calor de la sala, no pierdo detalle de la conversación que allí se mantiene. Y no debo de ser la única que está sofocada por el calor, pues no doy abasto llenando los vasos de refresco. Por suerte, he preparado cuatro porrones de vinagrada, ya que, como todo el mundo sabe, la mezcla de vinagre y agua es el mejor remedio para el bochorno.

–En los últimos días de vida de mi padre fui testigo de los temores a que aludís –ha continuado el joven, con una ligera inclinación de cabeza–, pero mi padre era solo un arriero, y su máximo orgullo era haber sido capaz de dar una buena educación a su hijo. Y, si en su caso entiendo y encuentro justificada la preocupación por la utilidad de su existencia, no me parece así en el caso de una vida admirada y llena de logros por todos reconocidos.

–Vuestro padre me merece todo el respeto y admiración –ha intervenido el anciano–. No me parece usual en los arrieros, cuando se encuentran cara a cara con la muerte, preocuparse por el alcance de sus acciones en la tierra. Me pregunto si vuestro padre no poseía una cierta vena de filósofo.

Unas ligeras sonrisas han acompañado las palabras del viejo. A continuación, otro de los presentes, un hombre que lleva en la cabeza un birrete redondo que lo distingue como maestro en artes, ha apoyado las impresiones del joven.

–El nombre de Tycho Brahe es conocido en todas partes y diría, sin temor a equivocarme, que se trata del científico más célebre de nuestros días.

–¡Y de uno que conocía su propia importancia! –ha añadido, con voz ronca, uno de los visitantes, por cuyo tono de voz me ha parecido ligeramente ebrio.

–Tenéis razón –ha seguido el del birrete–; Tycho sabía que ningún otro astrónomo a lo largo de la historia había igualado sus hallazgos, y que sus observaciones y deducciones eran las más precisas y exactas que jamás se hayan hecho.

–Me atrevería a decir que hacía mucho tiempo que nuestros astrónomos habían olvidado que era necesario mirar al cielo –ha dicho otro de los presentes, que se ha sumado a la discusión.

–Y Tycho, con la vista en el cielo y haciendo cuidadosas observaciones, hizo tambalear la astronomía que nos habían enseñado, la que venía de siglos anteriores. Tuvo la suerte de fijarse en una nueva estrella, de estudiarla, y sus conclusiones acabaron para siempre con la idea aristotélica de la estabilidad del cielo –ha dicho uno de los jóvenes, uno que lleva los cabellos sobre los hombros, con una cola más larga que acaba en un lazo de satén, siguiendo la moda del momento. Sus cabellos y la afectación con que habla denotan que es un aristócrata.

–No creo que la constancia y el rigor deban confundirse con la suerte –ha intervenido, enojado, el viejo–. Y me parece que no fue tan solo la descripción de la nueva estrella, sino también su recuento de la posición del cielo y del camino de los cometas, lo que acabó para siempre con la idea de la inmovilidad del cielo y lo que nos ha hecho ver que se trata de una región cambiante. Si admitimos que nuevas estrellas pueden formarse de repente y que los cometas pertenecen a regiones por encima de la Luna, si aceptamos estas ideas, entonces carece de sentido entender el cielo como un conjunto de esferas concéntricas, inamovibles e intraspasables. ¿Estáis de acuerdo, Kepler? –Kepler, sentado un poco aparte de los visitantes, se ha limitado a asentir con la cabeza. Von Rantzau ha continuado–: Pero no han sido solo las observaciones y las deducciones lo que Tycho nos ha legado. Personalmente, y con el juicio que me procuran los años, lo que más valoro es su conducta. Tycho rehuyó la adhesión a las doctrinas; no creyó en más autoridad que la que le proporcionaba la experiencia.

–Y para lograr esa experiencia nos encargó los mejores instrumentos medidores que jamás se hayan fabricado –ha añadido uno de los artesanos–. Cuando constataba que un instrumento no servía para hacer las mediciones, pedía otro más grande, más preciso. Así, sus astrolabios, sus cuadrantes, sextantes y globos celestes, son los más minuciosos, los más admirables de cuantos se han hecho nunca.

–No olvidaré esos instrumentos ni la impresión que tuve cuando visité Uraniborg –ha dicho otro de los presentes–. Había oído hablar del castillo del cielo, pero no podía imaginar tal grandeza, tanta armonía, y pude apreciar cómo la mente organizativa de Tycho había diseñado el lugar como un paraíso de actividad científica a gran escala; él era el director y estaba rodeado de hombres de ciencia, sus asistentes.

–¿Y qué me decís del diseño del edificio del castillo y del observatorio bajo tierra? No solo eran bellos, sino que cumplían la misión de proporcionar una base sólida a los instrumentos, de permitir observaciones diarias y continuas. ¿Y de la simetría de los jardines que lo rodeaban? Eran el reflejo de la mente de Tycho, una mente ordenada y metódica –ha añadido el del birrete.

–¡O la de un iluso! –ha espetado el de la voz de cazalla.

–Estoy de acuerdo con vuestras consideraciones sobre Tycho Brahe –ha concluido el aristócrata de la cola–. Admiro su actitud de desafío y su capacidad de probar las lagunas de las antiguas creencias, pero, al mismo tiempo, y disculpad que lo diga así, con el difunto de cuerpo presente, tengo la impresión de que, aun con todo su trabajo, no ha dejado nada resuelto.

–Puede que tengáis razón –ha añadido Von Rantzau–. La muerte le ha sorprendido demasiado pronto. Pero, con todo, Tycho ha dejado el camino allanado para quien pueda resolverlo.

De forma instintiva, he girado la cabeza en dirección a Kepler. Ningún cambio en su actitud tranquila muestra que se haya dado por aludido con las palabras del anciano.

–Lástima que Tycho, por su negligencia, perdiese el favor del rey Cristiano de Dinamarca –ha añadido Erik Brahe–. Pero hay que reconocer que supo rehacerse junto al emperador Rodolfo, y se convirtió en uno de sus más apreciados asesores.

–Nuestras alabanzas de Tycho Brahe no hacen más que aumentar mi perplejidad –ha intervenido de nuevo el joven que ha iniciado la conversación–. ¿Cómo puede un hombre como el que habéis descrito temer que su vida haya sido en vano?

Creo que yo tengo la respuesta a esa pregunta; me parece que los últimos días a su lado he entendido la mente del maestro Tycho como nunca antes lo había hecho. Y la respuesta es el mismo Uraniborg. Aunque algunos de los presentes ha visitado el castillo y la isla donde se encuentra, sus visitas han sido breves y ninguno de ellos, aparte de los familiares del maestro, conoce Uraniborg como yo lo conocí. Un castillo de ensueño en una isla de leyenda. El regalo del rey Federico de Dinamarca a un joven Tycho Brahe para evitar que el astrónomo se fuera del país.

Dicen que a la edad de treinta años, el maestro Tycho, totalmente decidido a abandonar Dinamarca, pensó en establecerse en Alemania, donde hallaría más libertad para proseguir sus estudios astronómicos. Pero el rey Federico no podía permitirse perder a un ciudadano de un valor tal, a alguien que había hecho aumentar la gloria de Dinamarca. Y le ofreció un regalo que fue incapaz de rehusar. Se trataba de la isla de Hven, situada en el estrecho de Sund, que separa Copenhague y Helsingborg. Pero no solo le ofreció la isla, pues el rey también le hizo entrega de feudos y posesiones para pagar los gastos, y total libertad para construir su observatorio.

Cuenta la leyenda que hace muchos, muchos años, una giganta llamada Hvenhild, que vivía en Escania, en una de las orillas del estrecho, se lamentaba de que su tierra era demasiado llana, que le faltaban montañas desde cuya cima pudiese contemplar el mar. Y decidió que cruzaría el estrecho para coger tierra de la otra orilla y construiría unos cuantos montes. Pero cuando regresaba a Escania con el delantal cargado de piedras, una de las cintas se rompió y dejó caer al mar un trozo de tierra, del cual se formó la isla de Hven.

El maestro Tycho hizo renacer aquel pedazo de tierra. Su situación, cercana a Copenhague y de fácil acceso en barca, le permitía estar cerca de la corte y de la universidad, pero, al mismo tiempo, le aseguraba una vida tranquila, sin visitantes que rompiesen el recogimiento necesario para el estudio del cielo, el más claro y puro que pudiera observarse en toda Dinamarca.

Y cuando el Sol, acompañado por Júpiter, empezaba a aclarar el horizonte y la Luna en Acuario se preparaba para el ocaso, se colocó la primera piedra de Uraniborg, el castillo diseñado por el maestro que, junto con el observatorio enterrado que mandó construir para dar estabilidad a los grandes instrumentos, pronto se convertiría en el principal centro de ciencia y conocimiento de Europa.

Me consta que Tycho Brahe vivió los mejores años de su vida en aquella isla. Fueron unos veinte años en los que se dedicó al estudio de la astronomía y la alquimia, de los secretos del cielo y la tierra. Imprimió libros en las prensas del castillo y, preocupado por la escasez de papel, hizo construir un molino para fabricarlo. De este modo, con el papel que él mismo elaboraba, dio a conocer sus observaciones y sus teorías. En Uraniborg tenía cubiertas todas las necesidades y anhelos de un hombre de ciencia y de un filósofo. Y allí, el maestro Tycho se desenvolvía como un rey en medio de su corte de familiares, estudiantes y asistentes.

Puedo adivinar que la intención del maestro era que el castillo pasara a manos de sus hijos, que no desapareciera con su muerte, pero los desencuentros con el sucesor del rey Federico, el rey Cristiano, le hicieron perder sus feudos y posesiones. Y, sin dinero para mantener el castillo, tuvo que abandonar Hven. Así es como, hará ahora unos cuatro años, llegó a Praga invitado por el emperador Rodolfo.

El maestro Tycho quiso crear un Uraniborg aquí, en Bohemia. Con tal fin escogió uno de los castillos que le ofreció el emperador, uno que estaba bastante alejado de la ciudad y que le permitía llevar sus instrumentos y tener de nuevo pupilos y asistentes que lo ayudasen en sus estudios. Pero el emperador quería que su matemático le hiciese predicciones astrológicas dos veces al día; lo necesitaba más cerca. Rodolfo le hizo venir a Praga y le dio alojamiento cerca del castillo imperial. Y aquí se acabó el sueño del maestro Tycho, que fue perdiendo la ambición y, me atrevería a decir, las ganas de vivir. El Tycho Brahe de estos últimos meses en Praga no se parecía en nada al de Uraniborg;

sus pensamientos y comentarios eran, principalmente, referencias a la muerte. No había sido capaz de conservar su castillo del cielo, de dejárselo a sus hijos y asegurarse la perpetuidad de su legado. Yo sí puedo entender que temiese que su vida hubiera sido en vano, que se le escapase poco a poco de las manos como lo había hecho el paraíso de Hven.

Y, mientras yo medito sobre todo esto y los visitantes siguen glosando la vida de Tycho Brahe, se ha oído la voz de su hijo Jørgen, que está junto a su madre en el otro extremo de la sala, cerca del cuerpo del difunto. Y sus palabras han hecho enmudecer a los presentes y han servido de epílogo de lo que ha sido una gran vida.

–Habéis hablado de mi padre y señor, y le habéis llamado astrónomo, científico, arquitecto, artista..., pero habéis olvidado que también era un poeta. Yo siempre recordaré que, al amanecer, viéndonos cansados y desfallecidos tras una noche de observaciones sin resultados que justificasen la vigilia, reunía a sus asistentes frente al gran cuadrante mural de Uraniborg y, justo delante del retrato que lo representaba señalando la abertura por la que se veía el cielo, nos estimulaba recitando los versos de Ovidio:

«... Y, mientras los otros animales, con la cabeza gacha, miran al suelo,

dio a los hombres un rostro que mira a lo alto

y les permitió contemplar el cielo

y levantar la faz para ver las estrellas».

Domingo, 4 de noviembre de 1601
Palacio Curtius, Praga

Llueve. Como lleva haciéndolo toda la mañana, mientras acompañamos el féretro del maestro Tycho. Una llovizna de cadencia rítmica que nos guía y hace más solemne el paso de la comitiva.

Pero me adelanto a los acontecimientos. Ha sido un día demasiado confuso; emotivo, desde luego, como cabía esperar, pero, al mismo tiempo, inquietante y perturbador. Un día que sé que no podré olvidar mientras viva.

Todo ha comenzado cuando, aún de madrugada, mientras estaba en mi cuarto planchando y cepillando el vestido que iba a ponerme, tratando de restituirle el lustre perdido, me he visto sorprendida por la entrada de Regina. Sin disculparse por lo inoportuno de su visita y sin prestar atención al hecho de que me encontrara en paños menores, me ha preguntado, de aquella forma tan suya, directa y sin miramientos, si me veía con fuerzas para aguantar el funeral del maestro Tycho.

–¡Por supuesto que me veo con fuerzas! –le he respondido, algo apresuradamente. Y si no me veo, ¿qué? Es mi deber asistir al funeral, y así se lo he dicho. He remarcado que no me parece que *aguantar* sea la palabra más respetuosa para referirse a la ceremonia.

–Quizá no lo sea, pero a mí me sirve –ha añadido–. ¿Sabes? Esta noche he pensado en ti, en qué va a ser de tu vida, ahora que tu maestro ya no está. Supongo que te irás de Praga...

Regina ha dejado la frase sin terminar, como esperando mi respuesta. Y yo no tengo ninguna respuesta que darle. Estos días, puede ser que por el ajetreo que ha habido en la casa, o quizá simplemente porque lo he evitado, no me he puesto a pensar qué va a ser de mi vida a partir de ahora. Supongo que internamente he confiado en que seguiré con la señora Kristine y los hijos del maestro Tycho, donde quiera que vayan, pero, ¿qué garantías tengo de que me quieran con ellos? Ni la más mínima.

Y así, sin querer, los ojos se me han llenado de lágrimas y, sin hacer nada por evitarlo, me he dejado caer sobre la cama, donde me he sentido acogida de inmediato por los brazos de Regina. Y haciendo caso omiso de la vergüenza que me da estar allí, en enaguas, llorando con desconsuelo, he vertido lágrimas por mí, por mi pasado y por mi futuro, y, sobre todo, he lamentado la muerte de mi maestro, la persona que me acogió, el único padre que he conocido. Y en ese momento he llorado todo lo que no había llorado durante los últimos días. Y de repente me he dado cuenta de que, aunque yo creía que ya era una mujer, he estado viviendo en un mundo protegido, y que, a partir de este momento, me encontraré realmente sola ante mi futuro. Seré responsable de lo que haga con mi vida.

Regina, con mucho tacto, me ha cubierto con la colcha, que estaba plegada sobre la silla, y ha recogido mi vestido, que con el desconsuelo había dejado caer al suelo. Lo ha puesto cuidadosamente sobre la mesita y ha salido en silencio de la habitación.

Al fin, cuando he bajado a la entrada del palacio con el vestido arreglado, los zapatos limpios y los ojos enrojecidos, me he encontrado con el gentío que, reunido en torno al féretro, está esperando una indicación para salir en cortejo fúnebre. Una espera que yo observo desde lo alto de la escalera y que me ha recordado la noche en que trajeron al maestro Tycho. Pero los colores han cambiado. El blanco de los camisones de dormir se ha transformado en negro de luto.

Absorta en estos pensamientos e intentando localizar a la señora Kristine con la mirada, no me he percatado de que alguien reclama mi atención hasta que he oído mi nombre. El conde Erik Brahe se ha aproximado hacia mí con intención de hablar. Tiene un aspecto imponente y, como siempre que lo veo, su presencia me llena de inquietud y desconfianza. Aunque son miembros de la misma familia, ¡cuán distinto es, en porte y en presencia, del maestro Tycho! Los cabellos plateados que aún no ha cubierto con el sombrero destacan sobre la capa negra, del mismo color que los guantes y el pañuelo del cuello. La abertura de la capa deja ver la espada, cubierta con una tela negra, como es costumbre en los caballeros de luto. Este rostro decidido, de rasgos marcados y ojos brillantes, me sugiere que no debe de costarle mucho desenvainarla, que para el señor conde cualquier afrenta puede acabar fácilmente en duelo. Tal vez por su aspecto, en los días que estuvo por casa, velando al maestro Tycho, intenté evitarlo y no cruzarme en su camino, y debo confesar que esperaba ansiosa perderlo de vista. Apenas habíamos hablado y, si lo habíamos hecho, fue sobre temas relacionados con el enfermo. Por eso no me extraña que se me acerque e inicie una conversación de cortesía.

–Mal día para un funeral, tan gris y lluvioso –ha empezado.

Le he respondido que no creo que haya ningún día especialmente bueno para un funeral, y que la tormenta me irá bien, pues encaja con mi estado de ánimo.

–Así que os sentís afectada por la muerte de vuestro maestro –ha dicho, sin esperar realmente una respuesta–. No deberíais inquietaros. Ahora tendréis mayor libertad para experimentar con vuestras sustancias.

–Nunca me ha faltado la libertad en esta casa –he dicho secamente–. El maestro Tycho me ha guiado en las artes de la alquimia y la medicina. Él me ha enseñado los fundamentos, pero siempre ha esperado que yo construyese a partir de ellos.

–¿Y siempre habéis seguido sus enseñanzas? –me ha interrumpido en un tono que me ha parecido acusador y que ha hecho aumentar mi desconfianza–. Bueno, todo eso ya es agua pasada –ha continuado–. Ahora os toca pensar en el futuro. Los conocimientos que habéis acumulado os serán útiles cuando os vayáis de Praga.

¿Cuando me vaya de Praga? ¿Qué le hace creer que me iré? ¿O es que quiere que me vaya? No, eso no puede ser; es imposible que mi insignificante presencia estorbe a alguien de la personalidad del conde. Pero, entonces, ¿por qué me habla así?

—¡Mirad! —ha dicho de pronto, cambiando bruscamente de tema—. Kristine y sus hijos ya han salido; es hora de que empiece el cortejo.

Yo me he quedado petrificada en la escalera, en un mar de dudas, mientras sigo con la mirada los movimientos del conde, que se ha situado en uno de los costados del ataúd, preparado para la marcha.

Y así ha salido el maestro Tycho de su última residencia, probablemente la menos querida por él. Y así ha recibido su cuerpo la gente de Praga, una gente que, incluso con la llovizna, ha llenado las calles a rebosar para contemplar el espléndido funeral, la ofrenda del emperador al más notable de sus súbditos.

El maestro Tycho, tan orgulloso de sus ancestros, se hubiera sentido satisfecho al ver que el escudo de armas y los colores de la familia están claramente presentes en la ceremonia. Se encuentran en los cirios, que, llevados por los lacayos, abren la marcha. Las armas aparecen de nuevo, ahora bordadas con hilo de oro, en un pendón negro que avanza delante del féretro, así como en la cortina de damasco negro que lo cubre. Detrás del pendón, entre relinchos y bufidos, avanza el caballo favorito del maestro, justo delante de otro caballo cubierto de ropa negra. Portan el féretro doce nobles, oficiales del emperador. Su hijo Jørgen los sigue, flanqueado por el conde Erik Brahe y el barón Von Minckwicz. A continuación, detrás de los barones, nobles y consejeros imperiales, nos hallamos el servicio y los asistentes del maestro, justo delante de su mujer y sus hijas. No sabría decir quién continúa la marcha, tan larga es la procesión. Al final del cortejo he creído distinguir la indumentaria de los trabajadores del castillo, así como una representación de las mujeres e hijas de los ciudadanos más ilustres.

Al llegar a la iglesia, la comitiva se ha repartido por el recinto como si fuera una riada. Nobles y plebeyos llenan los asientos para escuchar la oración fúnebre en honor de Tycho Brahe. Mientras observo con admiración el porte digno de la señora Kristine, que, de luto riguroso, sin joya alguna y con un único ornamento –una blonda negra alrededor del cuello–, iguala en nobleza a las mujeres de los condes y barones, he tenido una sensación extraña en la base de la nuca. Me he girado y mis ojos se han topado de lleno con los del alquimista.

Turbada, he fijado de nuevo la vista en la señora Kristine, pero desde ese momento, y durante toda la homilía, percibo con certeza su presencia. Su mirada, insolente y descarada, se clava en mí. Lo intuyo. De hecho, no me ha extrañado que, al terminar la ceremonia, y mientras la familia y los asistentes del maestro abandonan la iglesia antes que los demás, al pasar junto al alquimista, me haya hecho levantar la vista para que pueda leerle los labios. Al tiempo que él observa minuciosamente los rasgos de mi cara –como si no quisiera perder detalle, o como si no quisiera olvidarlos–, yo he ido estudiando la curva de sus labios para descifrar sus palabras: «Marchaos de Praga».

Con una mezcla de decepción e indignación, he vuelto a mirar al suelo. No es eso lo que yo esperaba que me dijese. Y mientras, con el orgullo herido, intento apresurarme para abandonar la iglesia. He pensado, angustiada, que es la tercera vez en un solo día que se me sugiere o se me ordena que me vaya de la ciudad.

Pero pronto he olvidado estas preocupaciones. Otros sucesos han reclamado mi atención y han perturbado mi espíritu más intensamente que los ojos y las palabras del alquimista. Porque se trata de hechos concernientes al maestro Tycho o, mejor dicho, a su memoria y su legado.

Al salir de la catedral, mientras las señoras tomaban asiento en los coches de caballos, en mitad de la confusión generada por la presencia en la plaza de los ciudadanos de Praga que han esperado pacientemente a que acabe la ceremonia, he podido ver que uno de los asistentes del maestro ha desaparecido, doblando la esquina con prisas. Con un presentimiento extraño, y habiendo identificado la figura de Kepler, he empezado a andar detrás de él. Pero las calles de Praga, intricadas y engañosas, no han sido buenas aliadas, y enseguida he perdido su rastro. La dirección, sin embargo, es la del palacio del maestro Tycho. Siguiendo el camino he llegado hasta allí, con la esperanza de poder calmar los ánimos disfrutando de la paz de la casa, prácticamente vacía.

Todos los ocupantes del palacio, a excepción de Jepp, han ido a la ceremonia. El bufón había excusado su asistencia porque no se sentía con fuerzas para presenciar el funeral. Aún no ha sido capaz de aceptar la enfermedad y la muerte del maestro. Y Jepp, que poco tiempo atrás divertía a los habitantes de la casa con sus cabriolas y volteretas, se ha transformado, prácticamente, en un inválido.

Así que he entrado en la casa, pero he advertido que no soy la primera en llegar. Pequeños charcos junto a la puerta indican que alguien ha pasado recientemente. Llevada por el mismo presentimiento que, al pie de la catedral, me ha impulsado a seguir a Kepler, he subido los escalones corriendo, hasta llegar a la habitación en la que el maestro guardaba sus libros de astronomía, donde escribía sus cartas y donde, entre los pequeños artilugios de medición, componía sus ensayos. Me he acercado hasta el armario en que conservaba los legajos de sus observaciones astronómicas, recordando que, tan solo unos meses atrás, él me los mostraba satisfecho. El armario está vacío. El trabajo de toda su vida ha desaparecido.

Y yo sé, casi con absoluta certeza, quién es el ladrón.

Parte II: Johannes Kepler

Capítulo 5. *Reditus*
Viernes, 13 de agosto de 1604
Ekcernförde

La conjunción de los planetas traerá cambios a la atmósfera. El sextil entre Saturno y el Sol nos traerá frío y lluvias y, con Marte en cuadratura, se levantarán vientos tempestuosos y el aire se caldeará con vapores tibios que brotarán de las entrañas de la Tierra. No es un buen augurio para emprender un viaje.

Me vuelvo a Praga.

A pesar de la tormenta, y aunque sé lo mal que encontraré las carreteras y los caminos, estoy completamente decidida a regresar. O, tal vez, en honor a la verdad, debería decir que no me queda otra opción.

Debo reconocer que fue un error irme de Praga y venir al norte, al Báltico, a esta ciudad gris sepultada bajo el retumbar continuo de las atarazanas, en la que el hedor de la cerveza esconde el olor del mar. Pero después

de la muerte del maestro Tycho, y a pesar de que la señora Kristine me pidió que me quedase con ellos en Praga,
yo elegí la huida. No puedo decir con certeza hasta qué
punto influyeron los acontecimientos del día del funeral del maestro, las sugerencias más o menos veladas de
que abandonase la ciudad, en la determinación que tomé.
Quisiera creer que no tuvieron demasiado peso, que la
decisión fue solo mía, pero a menudo me pregunto si no
me estoy engañando. Sobre todo, las noches en que me
despierto sobrecogida después de soñar con la última vez
que vi al alquimista.

La razón que aduje para mi partida fue que la rápida
muerte del maestro haría perder a la familia su principal
fuente de ingresos, y que no iba a poder mantener el estatus y a todos los asistentes de la casa. Con mi marcha, no
solo se ahorraban una boca, sino dos: la mía y la del bufón.

Jepp se vino conmigo. Y ahora regresa conmigo a Praga en el que, me temo, va a ser su último viaje. Su estado es lamentable. Flaco como un hueso y retorcido en sí
mismo, casi no camina, no habla, y solo de vez en cuando
suelta frases a las que no encuentro sentido, pero que han
hecho crecer su reputación de agorero y adivino de catás-
trofes. A mí, con todo, no me parecen más que los desvaríos de un enfermo.

¡Pobre Jepp! A veces me pregunto si se da cuenta de
que regresamos al lugar del que nos fuimos hace tres años,
el lugar donde murió el maestro Tycho. Y entonces tam-

bién me pregunto los motivos reales que me impulsaron a mí a huir. Me digo, justificándome, que después del funeral, sin la figura paterna de Tycho Brahe, yo necesitaba protección, al tiempo que una ocupación; precisaba trabajar y estudiar para llenar el desasosiego de mi espíritu. Y por eso di marcha atrás en el tiempo y me puse al amparo de la persona que había de enseñármelo todo sobre las plantas y sus propiedades: la señora Sophia, la hermana del maestro Tycho.

Pero aquí no he encontrado el ansiado cobijo. En realidad, estos años en el Báltico han sido una época triste en la que he visto los peligrosos efectos del amor cuando te hace perder la medida de la realidad. Y la señora Sophia, que es la persona a quien guardo el mayor respeto y afecto, con la inteligencia y el sentido común perturbados por la ceguera de la pasión, ha caído en la trampa del amor.

Eligió al hombre equivocado. Viuda y con un hijo con bienes y posesiones, podía haber escogido el marido que más le conviniese en una unión que la ayudase a aumentar o, cuando menos, a mantener las riquezas, y que al mismo tiempo le proporcionase libertad para dedicarse al estudio de las plantas y la química medicinal, dos ocupaciones en las que sobresalía y por las que era admirada y respetada. Pero eligió a uno de los amigos del maestro Tycho, un visitante frecuente de Uraniborg, el noble Erik Lange. En principio, nada hacía sospechar que la unión no funcionase. Lange pertenecía a una familia bien situada de la nobleza danesa y era un estudioso de la astronomía y la poesía, pero tenía una obsesión que se iba comiendo sus ahorros y su reputación: la alquimia.

Ni el maestro Tycho ni la señora Sophia jamás habían tenido interés en fabricar oro a partir de otros metales. Ellos se servían de sus conocimientos y de los laboratorios para encontrar sustancias curativas o compuestos que pudieran ser de utilidad en medicina. Y eso es lo que yo aprendí en Uraniborg. Pero el caso de Lange era muy distinto. Él estaba obsesionado en obtener la piedra filosofal, el polvo mágico que había de transmutar los metales en oro, que proporcionaría el elixir de la vida eterna. Tras ese polvillo perdió todo su dinero y sus posesiones y, perseguido por los acreedores, tuvo que abandonar Dinamarca. La señora Sophia, después de largas separaciones y de doce años de interminable noviazgo, fue a su encuentro, y medio año después de la muerte del maestro Tycho, cuando Jepp y yo llegábamos a esta triste ciudad, se celebraron las nupcias del noble Lange y la señora Sophia.

Desde entonces, todo ha ido de mal en peor. La señora Sophia ha perdido todos sus bienes, ha tenido que hacer frente a las deudas de su marido y salvar su honor una y otra vez. Nos han acogido en su casa a Jepp y a mí, pero la ruina, la pobreza, el abandono y la tristeza han acabado por resultarme insoportables. Sobre todo, desde que dos de los acreedores se han instalado en la casa para, de ese modo, cobrarse la deuda. La pobre señora Sophia, moralmente deshecha, pasa las horas escribiendo cartas, leyendo o trabajando en el laboratorio, pero de forma mecánica, sin la ilusión que años atrás prendía la mecha de su creatividad.

Debo confesar que yo, bajo la influencia de Lange, también he caído en la locura de la transmutación. También he bajado al laboratorio y he disuelto trozos de plomo en soluciones de cal, potasa y alcohol, o quizá en agua regia, tratando de hallar la esencia, la diminuta partícula de oro que dé sentido a mi embriaguez. Mientras, Jepp, que me observa con los ojos vacíos de vida, murmura: «Cuerpo de cabra y cola de dragón». Aunque simulo no prestarle atención, sus palabras han ido calando en mi interior y no puedo evitar que resuenen en mi cabeza mientras manipulo esas sustancias. «Cuerpo de cabra y cola de dragón». Es la quimera, el monstruo mitológico al que persigo o, lo más terrorífico, en el que me estoy convirtiendo.

Ha sido una carta lo que, en el último momento, me ha salvado del desastre. Una llamada que me ha llegado de quien menos podía esperar: de Kepler. Me pide, con infinidad de florituras, que vaya a vivir con su familia a Praga. Dice que quiere contar con alguien que prepare medicinas y ofrezca remedios a su mujer y a su hija, nacida hace dos años. Y no se olvida de Jepp. En otoño cambiarán de residencia, y parece que en la nueva casa también habrá lugar para el bufón.

Puede que haya sido Regina quien le haya sugerido la idea a Kepler. Pero no quiero pensar en los motivos ni perderme en especulaciones. Me da igual la razón de la carta; en estos momentos me he agarrado a ella con la fuerza de la desesperación. Y aunque lamento abandonar a la señora Sophia, necesito irme de aquí. La perspectiva de volver a Praga, de vivir de nuevo el esplendor de la ciudad, de poder retomar mis conversaciones con Regina, de pasear por el recinto del palacio imperial y, quién sabe, tal vez cruzarme con la mirada burlona y enigmática del alquimista, me han devuelto la esperanza. Lo bastante como para desestimar las sospechas y reticencias que me llevaron a abandonar Praga hace tres años.

Y ha sido esa misma ilusión la que me ha hecho rebuscar en mis enseres hasta que he encontrado este pliego de papeles que tenía abandonado desde mi partida. Lo he cogido y me he propuesto volver a escribir. Al hacerlo, me he reencontrado con la Nat de Hven, la que no perseguía quimeras, sino que se dejaba guiar por la razón.

Martes, 21 de septiembre de 1604
Hannover

El viaje se está convirtiendo en una pesadilla. Nos encontramos continuamente con carreteras inundadas por la lluvia; los árboles caídos, arrancados de raíz por la fuerza del viento, impiden el paso de los caballos. En varias ocasiones hemos tenido que desviarnos de la ruta para evitar la entrada en villas y pueblos donde hay casos de peste. Dormimos en hostales abarrotados, donde malgastamos los táleros que Kepler me mandó para el viaje, y siempre con un ojo abierto, para no perder de vista nuestras pertenencias.

En pleno agotamiento y, por si tropezamos de nuevo con algún inconveniente, me desespero y pienso que no vamos a llegar nunca a Praga, que aquí se acaba nuestro periplo, que tal vez caigamos en manos de bandoleros o enfermemos de peste. Es en estos momentos cuando necesito todo mi coraje para no desfallecer. Miro, entonces, hacia el cielo y busco en los astros la serenidad que me falta en la tierra. Y casi siempre la encuentro.

Jueves, 14 de octubre de 1604
Collegium Vencezlavi, Praga

Desde la ventana de mi habitación vislumbro los edificios de la plaza vieja del mercado y distingo las torres puntiagudas de la iglesia de Nuestra Señora. Contemplo las torres, altas y esbeltas, que se me antojan brazos que se alzan para tocar el cielo, e imagino que en su interior se oculta la tumba del maestro Tycho. Entonces, no puedo evitar pensar que mi pasado está ligado a mi futuro.

Este mediodía hemos llegado a casa de los Kepler. No se trata estrictamente de una casa, puesto que ocupan unas dependencias de una residencia universitaria cuyo rector es amigo de Kepler. La vivienda no reviste ostentación de ningún tipo. La decoración es modesta, como corresponde a una familia luterana, aunque la ausencia de brocados, cortinajes u ornamentos se ve compensada de sobra por los alegres rayos luminosos que se cuelan por los grandes ventanales y por las extraordinarias vistas sobre la ciudad vieja de Praga.

La sencillez de la casa se mantiene en mi cuarto, donde un jarrón con flores rojas, probablemente un detalle de bienvenida de Regina, rompe la monotonía impuesta por el predominio del blanco. Justo al lado de mi habitación, comunicándose con esta por una puerta interior, hay un pequeño cuarto donde podré preparar los remedios y medicinas. Las paredes están vacías; solo unas balanzas y algunos frascos de vidrio que reposan sobre un mostrador sugieren el futuro uso de la alcoba. Al ver la pequeña habitación desnuda, que parece esperarme y pedirme que llene sus estanterías de botellines de colores y que sature el aire con exóticos perfumes de flores y especias, mi espíritu se ha colmado de alegría, he recobrado las energías que me habían abandonado hace tiempo y ardo en deseos de empezar a trabajar. Tras la pared del cuarto, oigo la respiración fatigosa de Jepp, que, cansado por las penurias del viaje, dormita en su habitación.

Cuando hemos llegado, Kepler y su mujer nos han recibido con un saludo afectuoso y acogedor. Enseguida he comprobado que la señora Barbara se siente aliviada con nuestra llegada. De natural nerviosa, dedica una preocupación y un cuidado angustiosos a su hija Susana, una delicada cría de dos años, de aspecto enfermizo.

Por otro lado, me ha sorprendido la vitalidad de Kepler. Su piel ha perdido el color gris ceniza con el que siempre lo asociaba, y su porte y su forma de desenvolverse muestran una mayor confianza y seguridad. Tal vez esta nueva apariencia sea el reflejo de su nuevo estatus. Kepler ya no es el sencillo profesor de matemáticas que se alojaba en casa de Tycho Brahe en calidad de asistente. Desde la muerte del maestro, ha pasado a ser matemático imperial de la corte del gran Rodolfo. Y el nuevo cargo le ha proporcionado, según parece, la tranquilidad que su inestable posición anterior le negaba.

La que no ha cambiado es Regina. Bueno, eso no es del todo cierto; sus formas se han redondeado y se ha convertido en mujer, pero, aun con sus cambios externos, sigue siendo la misma Regina de mirada honesta y estilo brusco y directo.

–¡Nat, querida! –ha exclamado mientras me ha dado un abrazo. Acto seguido me ha cogido de las manos, se ha separado de mí y me ha dirigido una mirada crítica–. ¿Qué te han hecho, Nat? –ha preguntado mientras me acaricia la cara con suavidad–. En estos tres años has perdido la luz de tus ojos..., me parecen esquivos y desconfiados, ¡y estás tan delgada, que puedo seguir todas las líneas de tu rostro! Tienes la expresión dura y desafiante, como la de un animal herido —se ha alejado de mí algunos pasos, como tratando de abrazarme por entero con la mirada. Ha continuado—: Me supo mal que te fueses de Praga, Nat. Te he echado de menos y veo que los aires del norte no te han sido venturosos. Te has convertido en una chica bella, muy bella, de una belleza intensa; diría incluso que peligrosa: compadezco a los hombres que pierdan la cabeza por ti.

He esbozado una sonrisa nerviosa, turbada por sus palabras. No porque me las crea, pues, aunque no recuerdo cuándo fue la última vez que vi mi imagen reflejada en un espejo, bien sé que nunca he visto la promesa de una gran hermosura en mis facciones. Ha sido la dureza con que lo ha dicho lo que me ha inquietado. Como si fuera una condena.

—¡Ven! Te mostraré tu habitación —ha añadido en un tono ligero que ha difuminado la pesada sensación del comentario anterior.

Mientras sube los escalones de la escalera, me cuenta cosas y me hace preguntas sobre todo lo acontecido durante el tiempo que hemos estado sin vernos.

Después de enseñarme mi habitación, en un tono entre enigmático y autoritario, ha vuelto a sorprenderme:

—Ahora intenta descansar del viaje. No es necesario que bajes hasta la hora de cenar. ¡Ah!, y ponte tu mejor vestido, que te tengo preparada una sorpresa.

Y de este modo, con una risita pícara, me ha dejado sola en la habitación con la difícil misión de elegir, entre mis dos viejos vestidos, el que resulte más apropiado para recibir la sorpresa que me aguarda.

Jueves, 14 de octubre de 1604 (continuación) Collegium Vencezlavi, Praga

–Bienvenida a Praga, Kara Nox.

¡Longomontano! Me he girado de golpe al oír su voz y me lo he encontrado mirándome. Acostumbraba a verlo con el semblante serio y circunspecto, pero ahora me ha mirado con una enorme sonrisa.

A punto he estado de lanzarme a sus brazos, como, si en vez de una mujer de diecisiete años, aún fuese una cría de seis. ¡Mi buen amigo Longomontano! ¡Cuánto lo he echado de menos durante los últimos años!

Junto a él está Regina, con cara de satisfacción al comprobar mi expresión de sorpresa.

En respuesta a mi acumulación de preguntas, Longomontano me ha explicado que ha llegado de Florencia y que está de paso hacia Dinamarca, donde ejerce como rector en una escuela. Se ha detenido en Praga para visitar a viejos amigos, astrónomos y matemáticos, y ha sido invitado por Kepler a pasar algunos días en su casa para observar la conjunción de Marte, Júpiter y Saturno.

La llegada de los Kepler ha interrumpido nuestra conversación y hemos pasado al comedor. Nos hemos acomodado para disfrutar de una cena en la que ha reinado el más absoluto silencio. ¡Vaya contraste con las cenas ruidosas, llenas de gritos y jolgorio, que ofrecía el maestro Tycho! Pobre Kepler... ¡Qué duro debió de hacérsele todo aquello, si lo que realmente apreciaba eran estos silencios!

Aparte de la extraña calma que ha reinado durante la cena, el ágape ha sido delicioso, o quizá debería decir que el hambre acumulada durante el viaje me ha hecho disfrutar de la sencillez de las viandas como si de los más exquisitos manjares se tratase. He supuesto que Jepp, en su cuarto, también se sentiría complacido al probar de nuevo, después de estos años, el potaje de puerros y la empanada de cordero lechal.

Aunque tengo trabajo de sobra intentando dar cabida a todos los alimentos en mi boca, no he dejado de observar la tensa relación entre Kepler y su mujer, la señora Barbara. Y he vuelto a pensar, como ya lo hice en el palacio Curtius, que este matrimonio es una fuente de desdicha para ambos. Lamentablemente, también se ha visto sacudido por el infortunio, pues dos de sus hijos murieron antes de cumplir las tres semanas de vida, y solo la pequeña Susana ha salido adelante. Ahora están esperando otro, que ha de nacer en diciembre. Posiblemente este es uno de los motivos por los que me necesitan y me han llamado a Praga.

Al terminar la cena, Kepler y la señora Barbara se han retirado. Nosotros, Regina, Longomontano y yo, hemos pasado a una pequeña estancia, junto al comedor, donde hemos podido disfrutar de más comodidad y, sobre todo, de un ambiente más cálido, puesto que, aun con las reducidas dimensiones de la habitación, en el centro hay una magnífica chimenea en la que se queman unos troncos que Longomontano se ha apresurado a atizar.

En cuanto nos hemos acomodado alrededor del hogar, he tenido la impresión de que no hemos ido a la estancia para hablar del pasado y matar el tiempo. A pesar del libro que Longomontano lleva en su bolsillo y que ahora ha sacado –con la supuesta intención de leer–, y a pesar del bordado a medio coser que Regina acaba de desplegar sobre su falda, me ha parecido que sus mentes se encuentran en otro lugar, y que no están precisamente para lecturas ni bordados. Mi impresión se ha visto confirmada cuando Regina, sin tocar su labor, ha abierto la conversación.

En principio, los temas han sido entretenidos e inocentes. Regina, con ojos luminosos y un poquito de orgullo en la voz, nos ha hablado de su próximo noviazgo con un joven de excelente familia y de sus planes de futuro, que pasan por la corte del palatinado. Longomontano, a su vez, también ha mencionado sus planes, que en su caso no incluyen una boda, pero que son igualmente ambiciosos y llegan hasta la universidad de Copenhague. Yo los estoy escuchando entre divertida y admirada, pero también algo preocupada por si me preguntan por mis propios planes, a la sazón, inexistentes.

De repente, aunque no sabría decir muy bien cuál ha sido la causa, la conversación ha cambiado de registro y la trivialidad con que hablábamos se ha convertido en inquietud. Longomontano ha sido quien ha dado ese giro al tono grave.

–Nat, tal vez te has preguntado por qué Kepler te ha invitado a Praga –sin esperar mi respuesta, ha continuado–: Es cierto que la familia te necesita, que tu conocimiento de los remedios y medicinas será de gran ayuda para Barbara y sus hijos. Pero si Kepler se ha decidido a escribirte, ha sido por la insistencia de Regina.

Instintivamente me he vuelto hacia ella. Mis suposiciones sobre quién me había querido en Praga se han visto confirmadas.

–Tengo miedo, Nat. Temo por mi señor Kepler y temo por mi familia –ha murmurado Regina. La alegría que hasta entonces iluminaba su rostro se ha desvanecido.

Extrañada, le he pedido que me explique la razón de sus temores. Pero ha hablado Longomontano y lo que ha dicho me ha dejado estupefacta.

–Un año después de la muerte del maestro Tycho –ha empezado diciendo– recibí una carta de una persona de renombre, Andreas Foss, el obispo de Bergen, con una petición a la que, en principio, no di demasiada importancia. En aquel tiempo yo estaba ocupado en mis estudios y no prestaba atención a las habladurías ni a las noticias sin fundamento.

»En esa carta, el obispo me preguntaba si eran ciertos los rumores según los cuales el maestro Tycho había muerto envenenado.

Sin pretenderlo, he soltado un grito de espanto contenido.

–También mi señor Kepler recibió una carta –ha añadido Regina–, en su caso, de un astrólogo de su confianza llamado Rollenhagen. En ella no hablaba de sospechas o rumores, sino de la certeza de que a Tycho Brahe le habían dado una ponzoña.

Aún alarmada, he intentado digerir estas informaciones. Puedo entender la preocupación de Regina: si hay sospechas de envenenamiento, probablemente salpicarían a Kepler, la persona que, al heredar el puesto del maestro Tycho, más se ha beneficiado con su muerte. Pero, ¿qué tengo yo que ver con este asunto?, ¿por qué me quiere a su lado?

Como si me hubiera leído el pensamiento, Regina se ha incorporado, se ha aproximado a mí y ha respondido a la pregunta justo antes de abandonar la habitación.

–Eres la única que puede hallar la respuesta. Libre y sin ataduras, tú puedes moverte por doquier, puedes preguntar y sacar conclusiones. Te necesito para que no permitas que ninguna sospecha, por pequeña o insignificante que sea, enturbie el nombre de mi padrastro, y el de su familia con él.

Dichas estas palabras, Regina se ha marchado. Yo me he quedado unos momentos en silencio, absorta, mirando el fuego del hogar, hasta que un carraspeo de Longomontano me ha devuelto a la realidad.

–Aprecio mucho a Regina –he comentado y, tras un momento de duda, he seguido–, pero no sé si quiero embarcarme en este asunto.

La expresión de desconcierto de Longomontano me ha llevado a buscar una explicación, aunque creo que no lo he logrado del todo.

–Quizá conviene dejar que los muertos descansen en paz –he intentado justificarme–. Sea como fuere, nadie nos devolverá al maestro Tycho.

Al terminar mis palabras, me ha parecido que su desconcierto se ha transformado en incredulidad.

–No te conozco, Nat. ¿Tanto has cambiado en estos años, que te da miedo buscar la verdad?

Herida por su comentario, le he contestado, no sin cierta rebeldía:

–No es la verdad lo que temo, sino sus consecuencias.

–¿A qué te refieres?

He dejado vagar mi mirada por la chimenea, fijándola en las caprichosas formas que dibujan las llamas. Al dirigirla de nuevo hacia Longomontano, me he decidido a contarle mis temores.

–No estoy segura de querer ayudar a limpiar el nombre de Kepler.

–¿Por qué no? –me ha preguntado sorprendido.

–Porque no confío en él –una vez que he empezado, ya me he lanzado del todo–. Hace tiempo presencié una discusión entre el maestro Tycho y Kepler, y fui testigo de la vehemencia con la que Kepler reclamaba tener acceso a la totalidad de las observaciones celestes recogidas por el maestro y por vosotros, sus asistentes. En su cara vi mucha determinación y, lo más inquietante, vi desesperación y ansiedad.

–Sí, recuerdo bien los continuos desencuentros entre Kepler y el maestro Tycho. Dos caracteres tan distintos y dos mentes tan parecidas –ha añadido con una sonrisa, restando importancia a mi preocupación–. Pero de eso ya hace años, y no creo que ahora esos antiguos hechos deban inquietarte.

Sin atender a su comentario, he seguido con mi explicación.

–Poco después de la discusión, el maestro Tycho enfermó. Y mientras duró la enfermedad, Kepler no se movió de su lado, deshaciéndose en atenciones hacia el maestro, velando sus delirios y respondiendo a sus ruegos. La actitud de Kepler era admirable, pero me pregunto si se trataba de caridad o si, por el contrario, era un signo de culpabilidad. ¡Oh! ¡No sé qué pensar...! –he exclamado mientras me he incorporado inquieta de la silla, llevándome una mano a la cabeza–. Cuando murió el maestro Tycho –he seguido, apoyándome en la repisa de la chimenea–, el mismo día del funeral, los volúmenes de sus observaciones astronómicas desaparecieron. Y yo puedo decir, sin temor a equivocarme, que fue Kepler quien los cogió.

–¡Pero le pertenecían! –ha exclamado Longomontano, levantándose de la silla–. Solo habían pasado dos días desde la muerte del maestro Tycho cuando el emperador nombró a Kepler matemático imperial. Esto lo convirtió en sucesor del maestro, incluyendo la obligación de continuar con sus estudios donde él los había dejado.

–Aquellos datos y anotaciones no eran suyos. Pertenecían a la señora Kristine y a sus hijos. ¡Eran ellos quienes habían de recibir el legado de Tycho Brahe!

–El emperador les ofreció dinero de inmediato –ha añadido Longomontano mientras camina de un lado a otro de la habitación–. Se los compró para que Kepler pudiera usarlos.

–¡Ay, madre! –se me ha escapado. Por desgracia, todo el mundo sabe en Praga cómo están las arcas del emperador y cuánto cuesta cobrar una deuda.

Longomontano se ha detenido y se ha acercado a mí.

–Ven, Kara Nox –me ha dicho tomándome por la muñeca y conduciéndome suavemente hacia una de las butacas. Él se ha sentado en la otra.

–Imagino que te estarás preguntando por qué defiendo a Kepler, por qué creo en su inocencia –al ver que yo asiento, ha continuado–. Pues debo reconocer que la respuesta no es muy razonable. Creo en él porque quiero creer.

Ha sonreído ante mi ademán de impaciencia.

–Kepler tiene una mente extraordinaria, Nat. Nuestros datos, el resultado de largas horas de observación y de noches en vela, no pueden haber caído en mejores manos. Y estudiando y utilizando esos datos, Kepler ha honrado la memoria del maestro Tycho y lo ha tratado con el mayor respeto y admiración.

»¿Te acuerdas de cómo me enojé cuando el maestro Tycho me apartó de los cálculos de la órbita de Marte para dárselos a Kepler? Aunque pasé a trabajar en el estudio de las perturbaciones de la Luna, materia que teníamos más avanzada y que a buen seguro arrojaría conclusiones satisfactorias, lamenté haber quedado fuera de los cálculos más apasionantes y en los que el maestro tenía depositada su mayor dedicación. Han tenido que pasar algunos años para llegar a entender los motivos del maestro Tycho. Él confió el problema más difícil a quien sabía que tenía la capacidad de resolverlo, a quien podía solventar el enigma que, durante siglos, había confundido a los astrónomos: la explicación del movimiento de los planetas.

»¿Sabes qué significa la palabra *planeta*, Nat? –me ha preguntado sin más.

–Errante –he respondido sin dudar.

–Así es. Errante, el nombre que los antiguos griegos dieron a los planetas para describir, de alguna manera, su movimiento. Porque estos vagabundos, los planetas, aunque a simple vista no diferían mucho de las estrellas, presentaban una notable diferencia: mientras que las últimas permanecían fijas en sus posiciones, aquellas estrellas errantes viajaban por el cielo.

»Y entonces, para explicar el movimiento, imaginaron que cada planeta viajaba por una esfera de cristal invisible, imposible de atravesar, y que estas esferas, encerradas en una mayor, que era la correspondiente a las estrellas fijas, compartían con ellas un mismo centro, la Tierra.

–Y esta idea de las esferas cristalinas es la que el maestro Tycho, mediante el estudio de las trayectorias de los cometas, probó que era errónea –he añadido, recordando las conversaciones de los que velaban el cuerpo del maestro Tycho.

–¡Exacto! Pero, a pesar de todo, incluso habiendo refutado la visión del universo perfecto, infranqueable e inalterable, el maestro Tycho no estaba satisfecho. Quería encontrar la respuesta al porqué de las desviaciones observadas en la trayectoria de los planetas. Y por eso centró sus esfuerzos en Marte, el errante que más se alejaba de su supuesto camino, de las posiciones que los astrónomos le habían predicho.

»Como sabes, vistos desde la Tierra, los planetas presentan un movimiento aparente, con el que parecen desplazarse en sentido contrario a su trayectoria real. Lo llamamos *retrógrado*, un movimiento que se parece mucho al paso de una danza. Copérnico se dio cuenta de que esta trayectoria aparente no se debe al movimiento de los planetas, sino al de la Tierra. Por lo tanto, intentar explicar las irregularidades de los planetas partiendo de las observaciones tomadas en la Tierra, hace que la empresa sea prácticamente imposible de cumplir.

»Pues bien, Kepler simplificó enormemente el problema ideando una fórmula ingeniosa en la que las irregularidades del movimiento terrestre quedaban fuera de los cálculos. Y así probó las posiciones que ocuparía Marte, basándose en más de sesenta supuestas trayectorias, cada una un poco más desviada del círculo perfecto predicho para el movimiento de los planetas. Después las comparó con las precisas observaciones de la posición de Marte tomadas durante años en Uraniborg, esta vez sin los errores añadidos por el movimiento de la Tierra.

–¿Y tuvo éxito? –he preguntado, con curiosidad por conocer el desenlace.

–Dio con una trayectoria que predecía con bastante exactitud las posiciones del planeta respecto a las observadas. Tan solo había una pequeña diferencia, fácilmente atribuible a errores cometidos en la toma de datos durante las observaciones.

»Pero aquí se manifiesta la grandeza de Kepler. Mira, Nat, la mayoría de matemáticos, entre los que me incluyo, nos habríamos dado por satisfechos con esta pequeña diferencia entre cálculos y observaciones, y habríamos anunciado al mundo nuestro descubrimiento: la trayectoria ligeramente circular del planeta Marte. Pero

Kepler, no. Él conocía la exactitud de las observaciones del maestro Tycho; sabía cuál era el margen de error y que este era menor que el que comprobó al comparar sus cálculos con las observaciones. Y así, dando muestra de su gran confianza y respeto por Tycho Brahe, rehusó utilizar el modelo que había encontrado y siguió buscando, incansablemente, probando distintas combinaciones de movimientos circulares. Cuando, ya desesperado, abandonó los círculos, empezó a suponer otras trayectorias curvilíneas en forma de óvalo. Así llegó a la forma más simple de esas trayectorias: la elíptica.

–¿Una elipse?

–Una elipse. ¡La trayectoria de Marte y, como ha demostrado Kepler por extensión, la del resto de planetas, es una elipse! ¡Tan sencillo y tan elegante!

Su entusiasmo me ha hecho sonreír.

–¿Te das cuenta, Nat? –ha continuado en tono exaltado–. Kepler ha rebatido de forma incontestable el modelo de Aristóteles, que presuponía que los astros se movían siguiendo trayectorias circulares. Y, no contento con eso, ha ido más lejos: ha demostrado que los cálculos explican plenamente las observaciones si consideramos que los planetas giran en torno al Sol, pero no si situamos al Sol en el centro de la trayectoria, como tal vez cabría esperar. ¡El Sol ocupa uno de los focos de la elipse! Kepler ha transformado la astronomía: ya no se trata de una ciencia basada únicamente en las matemáticas; él la ha convertido en una ciencia de cuerpos físicos. Me ha mostrado los borradores del libro que está preparando, donde describirá sus cálculos y sus conclusiones. A partir de datos imperfectos ha desarrollado un principio universal y perfecto. Tengo grabado en la mente su enunciado, de una maravillosa simplicidad: «Los planetas se mueven describiendo órbitas elípticas con el Sol situado en uno de los focos de la elipse».

Tras una breve pausa, en la que aún parece estar considerando el alcance del descubrimiento de Kepler, me ha hecho otra pregunta:

–Nat, sabes que yo defenderé siempre el sistema ticónico, ¿verdad?

He asentido con la cabeza. No tengo la menor duda de que Longomontano será fiel a la memoria de Tycho Brahe, y de que ha hecho suyo el sistema planetario descrito por el maestro.

–Pero, aunque estoy resuelto a defender y enseñar el modelo del maestro, no puedo dejar de admirar el genio de Kepler, la tenaz búsqueda de las causas del movimiento de los astros y, sobre todo, su voluntad de creer en hechos y observaciones, y de descartar las teorías que no puedan probarse con datos.

Por mi propia experiencia, sé que uno de los momentos más amargos de una vida dedicada a la ciencia tiene lugar cuando uno tiene que aceptar la verdad y agachar la cabeza para renunciar a una idea que ha considerado genial, pionera y universal. Y, desgraciadamente, esta capacidad de ser humilde no abunda entre los llamados hombres de ciencia.

–Uno de los puntos en los que no puedo estar de acuerdo con Kepler –ha seguido diciendo Longomontano– es cuando considera que la Tierra es un planeta más. Por ello, las deducciones que ha obtenido a partir de esta idea, en concreto, la descripción de su movimiento respecto al Sol, no las puedo aceptar, aun reconociendo la belleza y simplicidad de su enunciado.

La mención del Sol me ha recordado la conversación que mantuve con Kepler en casa del maestro Tycho, y así se lo he comentado a Longomontano.

–Todavía puedo revivir una tarde en el palacio Curtius, pocos días antes de la muerte del maestro, cuando Kepler, con intensa emoción, me instó a contemplar el Sol poniente. Me habló de su poder y su energía, y dijo que era el centro de la creación.

–Y la fuente de todo movimiento –ha añadido.

–¿Eso es lo que dice Kepler?

–Así es. Explica que la fuerza que mueve los planetas emana del Sol y que, por eso, cuando un planeta se encuentra cerca de él, se mueve con mayor rapidez que cuando está alejado.

–Pero tenía entendido que el movimiento de los astros es constante, que su velocidad no varía –he dicho, extrañada.

–Kepler también tiene una explicación para eso –ha dicho Longomontano, sonriente. Imagina que trazamos una línea que una el Sol y un planeta, y, mientras observamos el movimiento del planeta, vamos midiendo la superficie recorrida por esa línea. Pues bien, lo que Kepler ha descrito, y también quiere enunciar como principio, es que la línea recorre áreas iguales en tiempos iguales. Es decir, que, a menor distancia entre el planeta y el Sol, mayor será la velocidad de traslación, pues deberá cubrir la misma superficie con un mayor recorrido.

Puedo imaginar el conflicto en el interior de mi amigo. Longomontano admira a Kepler, reconoce la brillantez de sus ideas y la armonía de sus principios, pero, al mismo tiempo, le cuesta aceptar unos conceptos que niegan el modelo que él ha defendido y que probablemente defenderá el resto de su vida. Además, aprecia y agradece el respeto y la credibilidad con que Kepler ha tratado las observaciones y datos recogidos por Tycho Brahe y sus asistentes.

Con la pregunta que me ha formulado a continuación, he comprobado que los pensamientos de Longomontano han seguido la misma línea que los míos.

–¿Entiendes por qué intento que Kepler quede libre de sospecha? ¿No ves que quiero que el mundo recuerde a Kepler como aquel que honró la memoria de Tycho Brahe, no como aquel que lo asesinó?

Desde luego. Puedo entender perfectamente su vehemencia en defender a Kepler, e incluso yo estoy dispuesta a considerar su inocencia, dado su profundo respeto por el legado del maestro Tycho.

Pero entonces, Longomontano, con el rostro serio y los ojos preocupados y fijos en mí, ha hablado de nuevo. Lo que ha dicho me ha dejado atónita.

–Pero existe otra razón por la cual te pido que te impliques en este asunto. Y esta es mucho más interesada, más personal.

Ha hecho una pausa, como para tomar aire, y ha seguido:

–No querría, por nada del mundo, que recayeran sospechas sobre tu persona.

–¿Sobre mi persona? –he preguntado sorprendida.

–Sí, Nat. Tu situación es muy delicada. Porque, dime: ¿quién atendió al maestro Tycho en sus últimas horas? ¿Quién le suministró medicinas y remedios? Y, lo más importante, ¿quién tenía acceso al armario de los venenos?

De forma instintiva, la mano se me ha venido al pecho. La llave ya no estaba ahí; la devolví al marcharme de Praga. En su lugar, donde la había llevado colgada, he sentido un escozor.

Capítulo 6. *Suspectio*
Lunes, 18 de octubre de 1604
Collegium Vencezlavi, Praga

Ya han pasado tres días desde la última vez que escribí. Durante este tiempo me he estado familiarizando con las costumbres de los Kepler y, poco a poco, me he ido habituando a mi nueva vida en Praga. He de decir que Regina me ha ayudado mucho a situarme. Se ha convertido en mi guía y me ha instruido en las complicadas reglas que rigen esta casa. También he pasado muchas horas con Longomontano, disfrutando de su conversación y aprendiendo mucho. Ayer se fue para proseguir su viaje a Dinamarca; como siempre que lo veo partir, he sentido que mi corazón se ha empequeñecido y se ha endurecido un poco.

Tal vez debería casarme con Longomontano. No es que él me lo haya propuesto; de hecho, incluso me parece absurdo pensar en ello. ¿Qué hombre respetable querría casarse con una mujer de la que no se conoce familia ni procedencia? A veces, desde la privilegiada situación en la que vivo, olvido mis orígenes y el lugar que realmente me correspondería, que sería entre vagabundos y desamparados. Supongo que en el fondo es la envidia por la situación de Regina lo que me induce a semejantes pensamientos. La veo tan feliz, preparándose para su noviazgo, y tan orgullosa de haber sido escogida por un hombre de la riqueza y situación social de su futuro esposo, que no puedo dejar de pensar en novios y bodas, dos experiencias que yo no tendré jamás y que, de hecho, hasta la fecha nunca me han preocupado.

La vida sería tranquila con Longomontano. Tendríamos largas conversaciones en una casa, la nuestra, ordenada y limpia, con eficaces y silenciosos sirvientes, en nuestra querida Dinamarca. Él me contaría sus pensamientos y sus cálculos, y yo le escucharía embelesada, admirada de que un hombre como él, tan sabio, me hubiera escogido como compañera. Sí, esta es la palabra: *compañera*. Sería su amiga, como lo he sido todos estos años. Y sería enormemente afortunada.

Pero seguramente no es eso lo que realmente quiero. En el fondo, creo que no he nacido para ser una compañera. Y a veces me parece que sería capaz de cambiar la seguridad y la tranquilidad que me proporcionaría el supuesto matrimonio por un futuro inquieto e incierto; la sensación de vivir y pertenecer a algún lugar, por la inquietud de una vida insegura, errante, nómada; y el afecto de una cara afable y seria, por el misterio de un atractivo rostro de enigmática mirada. Lo cierto es que no hay mucha diferencia entre el marido de la señora Sophia, con su locura del oro, y yo. Ambos buscamos lo que no está a nuestro alcance y lo que, casi con toda seguridad, nunca podremos conseguir.

Esta mañana me he levantado con el propósito de olvidar estos pensamientos, de no perder más tiempo con estas cavilaciones. Y así, finalmente, me he animado a hacer una visita que tenía pendiente desde hacía días, desde que llegué a Praga. Debía ir hasta la iglesia de Nuestra Señora a visitar la tumba del maestro Tycho.

Caminando despacio, gozando del tímido sol que se levanta sobre los tejados rojos, tan de agradecer después de los grises días de niebla y bruma, he llegado a la plaza justo cuando la aguja del reloj astronómico indica que faltan nueve horas para la puesta de sol y las campanas de las torres dan las ocho. He entrado en el templo por la puerta principal, la misma que nos recibió el día del funeral del maestro y, una vez adentro, me he dejado sorprender una vez más por la serenidad de la iglesia y me he alegrado de que, para su reposo, el maestro Tycho encontrara la armonía que persiguió durante toda su vida. La nave, de columnas altísimas y techo esbelto, compone una perfecta imagen de equilibrio y verticalidad. La luz blanca que se cuela por los ventanales, largos y estilizados, baña el recinto y lo dota de paz y quietud. Tan solo se oye el ligero crujir de unos pasos sobre la madera y una tos sofocada que he supuesto que serían del sacristán. Y allí, bajo el primer pilar de la nave, a la derecha del altar mayor, he descubierto una lápida de mármol donde está representada la figura del maestro Tycho. Con una mezcla de respeto y emoción, he observado la imagen y he leído el epitafio: «Ni poder ni riquezas, solo el arte y la ciencia perdurarán». Luego he dejado resbalar la mano suavemente por la inscripción de alrededor de la piedra: «El año del Señor de MDCI. El día XXIV murió el ilustre y noble señor Tycho Brahe, señor de Knudstrup y patrón de Uraniborg...».

Con un repentino agotamiento me he sentado, pesadamente, en uno de los bancos de la iglesia. Allí, enterrado a los pies de la lápida, está el cuerpo del maestro Tycho, y con él está también enterrado el secreto de su muerte. Suponiendo, claro está, que su muerte esconda algún tipo de secreto.

En los últimos días, mientras me habituaba de nuevo a Praga de la mano de Regina, no he querido pensar en maquinaciones ni conjuras, en asesinatos ni en muertes. Soy consciente, sin embargo, de que este periodo de rechazo, de evitar el problema, habrá de terminar. Y tal vez por eso, hoy, delante del sepulcro del maestro, arropada por la suave luz y la paz del templo, he dejado vagar la mente y, reflexionando sobre los comentarios de Longomontano, casi sin pretenderlo, he empezado a concebir un plan.

En primer lugar –me he dicho–, debo esforzarme en recordar los acontecimientos de los días previos a la enfermedad del maestro Tycho, o incluso los que sucedieron cuando ya estaba enfermo, que me resultasen extraños o, por así decirlo, sospechosos, aunque entonces no me lo parecieran. De entrada, no es una empresa fácil, sobre todo porque me pesa tener que revivir, siquiera en el recuerdo, aquel periodo infausto.

La segunda resolución que he tomado tampoco ha sido fácil, sino todo lo contrario; más bien me ha producido un gran desasosiego. He decidido que tengo que hablar con las dos personas que, en principio, y debido a su comportamiento en aquellos días, están en el centro de mis sospechas, confiando en que arrojen algo de luz a todo el asunto.

Debo confesar que, mientras trazo este plan, tengo la seguridad de que no hay ninguna razón para todo esto, y que estos pasos me llevarán a inferir lo que ya sé, que el maestro Tycho murió a consecuencia de la excesiva indulgencia en sus hábitos, de su glotonería y sus excesos.

Cuando ya me he dispuesto a salir de la iglesia, he vuelto a acercarme a la tumba del maestro. Me he agachado para apreciar el escudo de armas que, esculpido a los pies de la figura, antes me pasó desapercibido, y he observado que en un lado de la piedra hay unas diminutas flores amarillas, casi invisibles. Presionando con el dedo, las he cogido y me las he llevado a la nariz para oler su aroma. Entonces, como un relámpago, mi mente se ha trasladado a la isla de Hven. Ese olor dulce e intenso me ha traído la imagen de los acantilados de la isla, donde, en un terreno áspero y castigado por el sol y la sal del mar, crecían solitarias estas flores menudas, dispuestas a recibir con su perfume a quienes se acercaban con sus barcas a la costa.

Me he incorporado de repente, al oír que alguien se aproxima. Se trata de un hombre viejo que acarrea unas telas; seguramente es la persona que cuida de la iglesia y a quien yo he confundido antes con el sacristán. Se acerca con paso cansino. Le he saludado y le he preguntado si sabe quién ha depositado las flores en la tumba.

–¿Flores? Aquí nadie deja flores –ha respondido secamente.

Sorprendida por el chasco, me he acercado para mostrarle las que aún llevo pegadas al dedo.

–Nunca había visto estas flores –ha añadido en el mismo tono.

Como he deducido que no tiene intención de detenerse ni ganas de hablar, he echado a andar a su lado mientras me aventuro a preguntarle si acude mucha gente a visitar la tumba.

–¿Mucha gente? –ha dicho, ahora sí, parándose y mirándome por vez primera con expresión irónica–. Desde que enterraron a la mujer de Tycho Brahe y sus hijos encargaron la lápida, nadie ha venido a postrarse a los pies de la tumba.

Aquí, en Praga, los vivos no tienen tiempo para visitar a los muertos, ¡deben de pensar que tienen poca conversación!

Y con una sonora carcajada, satisfecho con su ocurrencia, ha seguido su camino. Mientras, yo me he quedado quieta meditando sobre sus palabras y admitiendo que sí, que la muerte no encaja en una ciudad de la vitalidad de Praga.

He salido de la iglesia con las flores en la mano, caminando con ligereza hacia la casa de los Kepler. Al llegar me he dirigido directamente al cuarto de Jepp. Últimamente suelo explicarle los sucesos y las nuevas, quizá porque me da lástima su inmovilidad. Hoy, además, me muero por contarle el hallazgo de las flores, pues estoy segura de que él también recordará su olor. Cuando he terminado con mi relato, ha girado hacia mí su rostro, lleno de una tristeza y un dolor estremecedores.

–Su alma quiere regresar a Hven –ha sentenciado.

Y, tal vez movida por su expresión y por la atmósfera lúgubre de la habitación, me he escuchado a mí misma preguntar, con un suspiro:

–¿Y no es eso lo que anhelan también las nuestras?

Lunes, 18 de octubre de 1604 (continuación)
Collegium Vencezlavi, Praga

Hoy hemos disfrutado de una comida diferente en casa de los Kepler. Estaban invitados dos de sus amigos: el rector de la universidad de Praga y un filósofo que había sido gran amigo del maestro Tycho. Kepler sonríe y ofrece, espléndido, las mejores viandas a sus invitados. De hecho, muestra una alegría contagiosa, y Regina y yo nos miramos divertidas ante una actitud tan espontánea y desenvuelta en él.

Poco a poco, y más fruto de la adivinación que de la deducción, he conseguido descifrar el misterio: la razón de tanta satisfacción y buen humor en Kepler es que, esta madrugada, los observadores que estaban de guardia en la azotea –Kepler era uno de ellos– han podido comprobar la aparición de una nueva y brillante estrella. La alegría de Kepler está justificada sobradamente, pues él tendrá su *nova stella*, como años antes la había tenido Tycho Brahe.

El nuevo astro ha sido observado al pie del Serpentario, el dios de la medicina, que aprendió los secretos del poder curativo de las plantas de las enseñanzas de una serpiente. Según los antiguos griegos, tanto aprendió que era capaz de curar a los muertos, lo que no gustó mucho a Hades, dios del mundo de ultratumba. Este persuadió a Zeus para que, con un rayo, matase al dios curador. Y así lo hizo Zeus, pero en homenaje a su sabiduría, le otorgó un puesto de privilegio en el cielo junto a Serpens, su serpiente.

Y ahora, al pie de la figura del dios, ha surgido una nueva estrella que con su brillo hace empalidecer a Júpiter, y que ha decidido mostrarse cuando astrónomos y curiosos tenían la vista puesta en el cielo para observar la conjunción de Marte, Júpiter y Saturno en el signo de Sagitario, uno de los signos del trígono de fuego.

Yo he tenido la fortuna de ver esa conjunción en su mayor esplendor. Mientras viajábamos de vuelta a Praga, hubo jornadas en las que no encontramos ningún lugar donde pasar la noche. Una de ellas, habiendo entrado ya en Bohemia y a pocos días de la capital, cansados y abatidos tras la búsqueda infructuosa de alguna posada donde albergarnos, nos acostamos al aire libre. El espectáculo que se mostró ante nuestros ojos me conmovió por su extraordinaria belleza. Allí, sobre el lecho de estrellas que cubría el firmamento, resaltaban los tres planetas y formaban un triángulo equilátero perfecto. Marte, luciendo con orgullo su color rojizo, constituía el vértice superior, y la base, formada por la línea imaginaria que unía a los gigantes Saturno y Júpiter, era totalmente horizontal. Mientras miraba, incómoda por la contemplación de tanta belleza y la certeza de su carácter efímero, pensaba en la suerte que aquel infortunado día me había proporcionado, y era consciente de que estaba ante un espectáculo único que jamás volvería a presenciar.

Aquí, en la ciudad, también pudieron contemplar la conjunción planetaria. No obstante, pasados los primeros días de novedad y expectación, los ciudadanos dejaron de mirar al cielo. Sin embargo, este les tiene reservada otra sorpresa, una que habrá de llenarles el corazón de temor y admiración. Y eso es lo que Kepler está explicando a sus invitados mientras toman asiento alrededor de la mesa, hoy engalanada con un elegante mantel de bordados y encaje de bolillos.

–¡Han sido demasiados días esperando ver tan esquiva estrella! Ya empezaba a desesperarme y a temer que el ayudante que me había despertado al amanecer, diciéndome que había un astro muy brillante al lado de Júpiter, hubiera perdido la cabeza.

Sus amigos han asentido y han comentado que no son nada usuales tantos días de cielo encapotado en Praga.

–¡Siete días y siete noches de brumas y oscuridad, sin ver luz alguna! –aunque sigue aparentando desesperación, Kepler sonríe y ofrece cerveza a sus invitados.

–¡Fue muy distinto para Tycho, cuando descubrió su estrella hace treinta y dos años! –ha exclamado el filósofo–. Él la vio sin esperarlo, una noche en que, fiel a su costumbre, caminaba con los ojos puestos en el cielo. Me contó que paraba a los transeúntes que pasaban junto a él para preguntarles si no le engañaban sus ojos, si ellos también lo veían: un extraño punto centelleante, un estallido de luz de una brillantez superior a la de Venus. Estudió sus propiedades y se la apropió, y aquella estrella pasó a conocerse como la nova de Tycho Brahe.

–¡Y esta se conocerá como la estrella de Kepler! –ha apostillado riendo el rector, mientras dirige una mirada de tácito entendimiento a Kepler.

Este le ha devuelto la mirada y le ha respondido, satisfecho:

–Me hago cargo del entusiasmo de Tycho, entusiasmo que yo comparto ahora mismo, y me siento afortunado de poder aplicar mis cálculos al estudio de esta nueva estrella, como hizo él en su momento.

Ha habido unos momentos de silencio, mientras se sirve el caldo. Al rato, el rector ha interrumpido los ruidosos sorbos y ha retomado la palabra.

—El emperador debe de estar impaciente por saber qué augurios vaticina esta nueva estrella.

—Me ha llamado esta mañana al palacio, apenas le han informado de que yo había visto la nova —se ha apresurado a decir Kepler, atragantándose con un trozo de pan.

—Imagino que lo que debe de atemorizar al emperador y a sus súbditos no es solo la súbita aparición de la estrella, sino también la coincidencia con la aproximación de los planetas en el signo del trígono de fuego —ha añadido el filósofo mientras Kepler bebe cerveza para que pase cuello abajo el pan que se le ha atascado en la garganta.

—Y no les culpo. Es de todos conocido, o al menos los astrólogos lo han repetido una y otra vez, que una conjunción de planetas es un mal presagio —se ha sumado el rector.

—El emperador parecía muy alterado esta mañana. Me ha apremiado a presentarle mis impresiones sobre la estrella, las predicciones de los portentos y, sobre todo, de los infortunios y desastres que anuncia —Kepler se ha parado y ha continuado con expresión pícara—. ¿Sabéis qué le diré? Que presagia una época de ganancias para los libreros y editores, porque todos los teólogos, filósofos, médicos y matemáticos querrán publicar sus opiniones sobre este fenómeno.

Todos nos hemos reído con la ocurrencia de Kepler, pero él, alzando las manos de inmediato, nos ha pedido silencio.

–No, no está bien reírse de la astrología –ha dicho seriamente–. De hecho, la astronomía avanza gracias a la astrología. El emperador no quiere a un consejero que le hable de física celeste, de las fuerzas que mueven los planetas o de las trayectorias que estos siguen. Lo que su majestad quiere es uno que le anuncie cómo va a ser su vida, su salud, los cambios en sus riquezas y el número de enemigos que tiene o tendrá. Desea saber quién pretende asesinarlo y quién se confabula contra él. De este modo el astrónomo, que cree en la influencia de los planetas –pero no hasta el punto de presagiar futuros acontecimientos–, intenta hacer predicciones basándose en circunstancias y en probabilidades, y sabe que lo que le conviene es satisfacer los deseos de la mano que le da de comer.

En la mesa, las ensaladas se han sustituido por platos de verduras aliñadas. A la sazón, el único sonido que acompaña a la comida es el de los tenedores chocando con los platos. De repente, Kepler ha dejado caer ruidosamente su tenedor, que apenas acababa de levantar mientras, abstraído, contempla el plato de hortalizas.

–Absurdo –es lo que ha dicho escuetamente.

–¿Qué es absurdo, querido? –ha interpelado inquieta la señora Barbara, probablemente temiendo que hubiera algo insólito en las verduras.

–¡Es absurdo considerar que este nuevo astro se haya formado al azar! –ha respondido exaltado Kepler. Supongo que, debido a nuestras expresiones de estupefacción, se ha visto obligado a explicar el porqué de esa absurdidad–. Esta mañana, en el castillo, me han llegado noticias de que hay quien afirma que la estrella es el resultado de partículas que se desplazan por el cielo y que se han reunido casualmente –con un respingo y blandiendo el tenedor frente a su cara (lo que me ha hecho temer por la integridad de sus ojos), ha continuado–. Pero os digo que sostener algo así es tan contrario a la razón como afirmar que si un plato, unas hojas de lechuga, granos de sal, gotas de agua, de aceite y de vinagre, y unas rodajas de huevo hubieran estado volando por los aires durante una eternidad, en algún momento y, por casualidad, podrían haber formado una ensalada.

–¡Seguro que no sería tan buena como esta que yo he preparado! –ha añadido aliviada la señora Barbara, que ha provocado la risa general con su comentario.

Al rato, mientras Kepler estaba trinchando el cabrito, el rector ha preguntado sobre el significado de la estrella.

–¿Y vos, qué pensáis sobre el hecho de que la estrella haya aparecido al mismo tiempo que la conjunción de los planetas?

Kepler se ha quedado meditando unos instantes.

–Aún es pronto para dar respuesta a vuestra pregunta. Es cierto que esta mañana, a ratos perdidos entre la visita al emperador y mis obligaciones familiares, he estado haciendo cálculos y me he formado algunas hipótesis. Pero no, no, es demasiado pronto; debo escoger entre lo esencial y lo superfluo. No, no puedo decir nada todavía.

Y mientras a Regina y a mí se nos hacía la boca agua mirando el cabrito a medio cortar, Kepler, con aire ausente, ha seguido con sus elucubraciones.

–Lo que sé es que mi observación hará que nos replanteemos y revisemos nuestras creencias y suposiciones. Y que tendrá repercusiones que trascenderán, con mucho, la astronomía. Algunas serán lo bastante importantes como para hacernos reconsiderar la fecha de nacimiento de Cristo.

–¡El nacimiento de Cristo! –ha saltado Regina sorprendida, disculpándose de inmediato por atreverse a intervenir en la conversación.

–Sí, Regina, el nacimiento de Jesucristo –le ha respondido Kepler con una sonrisa.

Los dos invitados han manifestado también su asombro, lo que ha llevado a Kepler a olvidarse de la comida y a pasar a hablar extensamente de sus cálculos sobre la conjunción de los planetas y la aparición de la estrella. Y mientras lo escuchaba, he pensado que probablemente son ciertos los rumores que afirman que, cuando Kepler era profesor en Graz, a pesar de su gran inteligencia, era imposible seguirlo durante sus clases. Cuando quería explicar un tema divagaba, dejaba volar sus pensamientos por derroteros que nada tenían que ver con el tema que exponía. Y así, dejando escapar su mente allende los muros del aula, llegaba a reflexiones y conclusiones geniales que, expresadas en voz baja, como hablando entre dientes, los alumnos ni entendían ni podían seguir. Dicen que en su primer año de profesor, pocos alumnos se interesaron por el curso que impartía, y que en su segundo año no tuvo ni un solo alumno.

–El año 7 antes de Cristo hubo una aproximación de los planetas como la que ahora observamos –ha dicho mientras, aún con el tenedor en la mano, camina en torno a la mesa–. Según mis cálculos, Júpiter, Saturno y Marte entraron en conjunción en febrero de aquel año. Sabemos, además, que Herodes mandó matar a los niños de Belén dos años más tarde, el año 5 antes de Cristo. Por lo tanto, aquel fue el año en que los sabios viajaron a Judea para visitar a Jesucristo. Siguiendo estos y otros argumentos basados en la historia y la astronomía, podemos deducir, con casi total seguridad, que Cristo Nuestro Señor no nació el año 1 antes de Cristo, como se ha creído hasta la fecha, sino cuatro años antes.

Los amigos de Kepler escuchan con atención y asienten de vez en cuando. La señora Barbara, en cambio, ha abandonado la mesa tras excusarse, probablemente para no oír las afirmaciones de su marido, con las que no debe de comulgar en absoluto a causa de sus firmes creencias.

–La visión de esta nova me ha llevado a pensar si la estrella que apareció durante la gran conjunción del año 7 antes de Cristo no sería como esta y se situó también, como ahora, en la misma región del cielo donde estaban los tres planetas –Kepler habla y traza con las manos la posición de los astros–. Los astrónomos de Caldea, los sabios, cuando vieron la aparición de la nova, fieles a sus conocimientos de astrología, tenían que creer que esta aparición anunciaba acontecimientos extraordinarios que implicaban cambio y renovación en todo el mundo. Y dudo que fuera el azar lo que hizo brillar a esta estrella cuando la conjunción de planetas había preparado a los observadores para esperar portentos, justo dos años antes del nacimiento de Cristo, el tiempo que tardaron los sabios magos en llegar a Judea.

Viendo a los invitados absortos con los razonamientos de Kepler, Regina y yo hemos abandonado la estancia. Todo el mundo se ha olvidado del cabrito, ahora ya frío y reposando en un charco de grasa espesa. Y, mientras salíamos, he pensado que en este ágape inconcluso he conocido algo más sobre Kepler y he entendido un poco mejor el funcionamiento de su mente. Y el hallazgo no es nada tranquilizador. Me ha confirmado que, tanto si está taciturno como si se muestra alegre y exaltado, no va a resultar nada fácil mantener una conversación con él. Dudo que me pueda aclarar nada cuando, según los planes que he trazado esta mañana, encuentre un momento para preguntarle sobre la muerte del maestro Tycho.

Miércoles, 20 de octubre de 1604
Collegium Vencezlavi, Praga

Los últimos días han sido agotadores y felices por igual. Los he pasado preparando tisanas, concentrados, confituras, bálsamos y ungüentos. Y mientras pensaba, mezclaba, olía y, a menudo, probaba las mezclas, mis manos se movían como al son de una melodía, una secuencia que conocían por instinto y que ejecutaban a la perfección. El pequeño cuarto, ahora repleto de frascos, luce ya con todos los colores del arcoíris; mi dormitorio, aunque siempre intento ajustar la puerta que comunica con él, huele a hierbas aromáticas, especias, aguardiente y trementina.

Lo que me ha resultado más complicado ha sido conseguir las sustancias que utilizo como ingredientes en mis preparados. Con la intención de encontrar algunas, he salido con frecuencia a las afueras de Praga. Allí, en los bosques vestidos de otoño, caminando bajo cielos de color ceniza y sobre alfombras de musgo y hojas que crujen a mi paso, he recolectado semillas, flores, resinas, hierbas y setas. También me he valido de la generosidad de algunos conocidos de Kepler y de antiguas amistades del maestro Tycho, sobre todo para obtener los metales y disolventes. No he querido acercarme al castillo a pedir nada. No puedo ir todavía; antes debo poner en cuestión a Kepler. Tengo que ajustarme a mi plan.

Por fin, esta mañana he conseguido hablar con Kepler cuando lo he visitado en la habitación que usa para sus estudios. Durante el desayuno me había pedido un remedio para las hemorroides, dolencia que lo tiene constantemente dolorido y desasosegado. Le he preparado un remedio a base de hojas de oreja de oso hervidas en aceite. Esperó de veras que el preparado funcione, porque no me veo con ánimo para elaborar la otra receta que tengo para las hemorroides, consistente en hervir en aceite cuatro escarabajos grandes, de los que se encuentran en los sótanos.

Nunca había estado en aquella habitación, siempre cerrada y reservada únicamente al trabajo de Kepler. Por eso, esta mañana me he sentido muy privilegiada por poder visitar el sitio donde hace sus cálculos y deducciones el notable matemático imperial.

Al entrar, he comprobado que en la estancia reina el mismo orden y la misma austeridad que en el resto de la casa. Dos estanterías con libros revisten las paredes y en el centro de la habitación hay una pequeña mesa, totalmente desprovista de papeles y ornamentos. Los únicos objetos que me han parecido curiosos o dignos de atención se encuentran sobre unos anaqueles apoyados en la pared. Me he fijado especialmente en uno de ellos, una bellísima figura que consiste en unas esferas concéntricas, en cuyo interior están empotrados los cinco sólidos platónicos.

–Veo que admiráis mi modelo planetario –la voz de Kepler, resonando en la habitación, ha acentuado aún más la sensación de vacío–. Cinco esferas que representan las órbitas de los planetas y cinco poliedros que definen sus radios relativos. La revelación del misterio del cosmos, de los planes de Dios de crear un universo regido por las leyes de la geometría.

Me habla desde uno de los rincones de la estancia, desde donde, de pie y apoyado en una repisa, mira por la única ventana de la habitación. En sus manos tiene dos pequeños cristales, con el aspecto de una pala de cuchara, que acerca y aleja de sus ojos.

Me he acercado en silencio, le he alcanzado el frasco con el ungüento y, cuando he visto que, después de darme las gracias, centraba de nuevo su atención en los cristales que tenía en las manos, me he armado de valor y he reclamado su atención.

–Querría hablar con vos, señor.

Él, con aire aún ausente, se ha girado hacia mí.

–Señor, querría hablar de la muerte del maestro Tycho.

Ahora sí había conseguido llamar su atención.

–¿Qué ocurre con la muerte de Tycho? –ha espetado con brusquedad, como sintiéndose molesto por una afirmación que interrumpía sus reflexiones y estudios.

Me he dado cuenta de que debo apresurarme en presentarle mis cuestiones si quiero retener su interés.

–Señor, me han llegado rumores de que creen que fue

asesinado. Envenenado –he pronunciado con énfasis esta última palabra, la que, según mi parecer, resume mis temores.

–¿Rumores? ¿Y dais crédito a esos comadreos? Creía que las enseñanzas de Tycho os habían preparado para no hacer caso de las pamplinas.

En parte, ese es el problema: las enseñanzas del maestro me han preparado para cuestionarme lo que debo creer. Pero ahora tengo que asegurarme de que esos rumores pueden considerarse pamplinas.

–Les doy crédito cuando afectan a mi persona, o a quien me acoge en su casa.

Ya lo he dicho. Ahora solo tengo que esperar su reacción.

Me ha mirado de hito en hito, pero me ha dado la sensación de que su mirada está vacía, que no va dirigida a mí, sino a su propio interior. Y, como quien hace un gran esfuerzo, me ha hablado de sus impresiones sobre los últimos días del maestro.

–Lo que yo presencié –ha empezado– fue la agonía de un hombre que había escogido seguir las normas de etiqueta, aun en detrimento de su propia salud; un hombre que, a pesar de estar afectado de fiebres intestinales, siguió con sus hábitos demasiado indulgentes con la comida, y un hombre que, incluso en sus últimas horas, se preocupó por la continuidad de sus teorías científicas y de su legado.

»Tycho se había creado muchos enemigos, algunos muy poderosos, así en su Dinamarca natal como aquí, en

Praga y en Bohemia. Ahora bien, ni amigos ni enemigos tuvieron nada que ver con su muerte.

Sus palabras han sido concluyentes, sin dejar resquicio a las dudas, y se han visto reforzadas por la intensidad de la mirada que, ahora sí, me dirige. He supuesto que aquí se ha acabado nuestra conversación, que no voy a sacarle nada más. Me he disculpado y me he apresurado a salir de la habitación.

Antes de llegar a la puerta, sin embargo, Kepler me ha llamado.

—¡Esperad!

Me he girado intrigada. Kepler, sin moverse de al lado de la ventana, me ha mirado con expresión de tristeza.

—¿Creéis que me ha beneficiado la muerte de Tycho Brahe? —ha preguntado con idéntica tristeza.

Me resulta difícil responderle con franqueza, pues debo admitir que sí lo creo. Pero, por suerte, no he tenido que decir nada. Kepler ha continuado como si hablara consigo mismo.

—Sí, eso es lo que parece a ojos de la gente. ¡Sobre todo, porque el emperador me nombró sucesor de Tycho! Pero lo que nadie se pregunta es si, aparte del mismo cargo, gozo de la misma consideración.

¡Cuánta amargura destilan sus palabras!

—¿Y los volúmenes de sus observaciones? —ha continuado, al hilo de sus pensamientos. Aunque me mira, parece no reconocer mi presencia—. Con Tycho muerto, se diría que puedo disponer con libertad de ellos, ¿no? ¡Oh, ironía!

»Desde hace dos años, la familia de Tycho, por medio de su yerno y antiguo asistente, el sagaz Tengnagel, se ha otorgado el derecho de custodiar las observaciones. Durante largas temporadas me he visto privado del acceso a esos datos, tan necesarios para mis deducciones, y con ello se han visto afectados mis avances en el estudio del movimiento de los planetas.

»Ahora vuelvo a disponer de las observaciones, pero no puedo usarlas con libertad. Las tengo bajo condiciones. Tengnagel me ha hecho prometer que me pondré a trabajar en la confección de las Tablas Rudolfinas, encargo que me hizo el emperador en vida de Tycho, y él mismo revisará su contenido. Además, según las condiciones, deberé pedir el visto bueno antes de publicar cualquier resultado que se base en tales observaciones.

¡Pobre Kepler! Me hago cargo de su amargura e impotencia. No lo va a tener fácil para poder difundir su modelo del movimiento planetario, centrado en el Sol, ni para dar a conocer la física celeste, si sus cálculos y conclusiones tienen que pasar por la aprobación de los defensores acérrimos del modelo planetario del maestro Tycho, como es el caso de Tengnagel y su familia.

–¡Yo, que siempre he querido huir de trabajar para otro! –la voz de Kepler retumba en la habitación. No se ha movido de su posición; todavía se apoya en la ventana y yo, plantada cerca de la puerta, no oso mover ni un dedo; no quiero romper el silencio que arropa sus palabras–. Aborrezco el trabajo;

solamente la sed de saber, el afán, mi ardiente deseo de investigar en materias difíciles, es lo que sostiene mi labor. Movido por ese anhelo me embarco en empresas que, en principio, parecen sencillas, pero que, en la práctica, resultan arduas y requieren mucho tiempo y atención. Porque la mente es más grácil, más liviana y, en definitiva, más rápida que la mano.

»Con todo ello me encuentro en un estado de perpetuo arrepentimiento por el tiempo perdido y, al mismo tiempo, no puedo dejar de perderlo, de malgastarlo, y no tengo más justificación que mis propias carencias.

Después de oír estos pensamientos, que, aunque expresados de viva voz, no se dirigen a nadie en concreto, he decidido retirarme calladamente de la habitación. Y al cerrar la puerta he vuelto a mirar en dirección a Kepler. Como cuando he entrado, está junto a la ventana, con los dos cristales en una mano y mi botellín en la otra. Ya no atiende a los cristales ni a mi persona. Tiene la mirada perdida más allá de la habitación, y se me ha antojado que la dirige hacia las torres que guardan los restos del maestro Tycho.

Capítulo 7. *Aenigma*
Viernes, 22 de octubre de 1604
Collegium Vencezlaví, Praga

Creo que no he pegado ojo en toda la noche. Primero fueron los gemidos de Jepp, prolongados e intensos como un lastimoso aullido, que me hicieron aproximarme a él para comprobar su estado. La frente le ardía, y los pies y las manos estaban fríos como una lápida. Descartando que la peste fuera la causa de la fiebre, y pronto para saber si se repetiría en tres o cuatro días y, por tanto, si se trataba de tercianas o cuartanas, decidí darle pequeñas cucharadas de una mezcla de agua, cebada, jarabe de limón y vino blanco. Para mayor seguridad, le apliqué unos emplastos de hierbas en las muñecas y me quedé junto a él hasta comprobar que tenía el cuerpo empapado en sudor, prueba de que estaba eliminando lo que le provocaba la fiebre. Satisfecha con el aspecto que ofrecía, salí de su cuarto después de cubrirle el cuerpo con una sábana seca.

Tiempo habría de avisar al médico, si las fiebres regresaban. No había que apresurarse con las purgas y sangrías.

De nuevo en mi habitación, cuando me acosté tras despojarme de la túnica que me cubría la camisa, me sorprendieron unos golpes en la puerta. Me llamaban a la habitación de la señora Barbara. Yo había pedido que me avisasen ante cualquier quejido de la señora, ya que en el cuarto tenía preparados diversos remedios para retrasarle el parto. Pero esta vez no fueron necesarios, puesto que la señora solo se quejaba de insomnio. La hice levantar y pasear por la casa hasta coger frío en el cuerpo. La dejé de nuevo en la cama con una infusión caliente de valeriana, pasionaria y lechuga silvestre, que a buen seguro la tranquilizó y le hizo conciliar el sueño rápidamente.

Yo no tuve tanta suerte, por desgracia. Regresé a la cama al amanecer, con la claridad rojiza del alba anunciando la salida del sol, y me levanté cuando las primeras luces del día iluminaban mi habitación. El sueño había desaparecido, la inquietud del nuevo día que empezaba lo había desplazado. Pensaba, ansiosa e impaciente, en la visita que tenía programada aquella mañana. Y, al tiempo, me preocupaba mi aspecto, con el semblante pálido y ojeroso tras una noche de vigilia.

Me he sentado junto a la ventana, aprovechando la luz tenue que deja entrar y, por pasar el rato, he decidido llevar a cabo lo que he concebido como primera parte del plan: he empezado a escribir las extrañas circunstancias que rodearon la muerte del maestro Tycho.

Lo había intentado en otras ocasiones, cuando disponía de un momento de tranquilidad, o quizá angustiada por no avanzar en la empresa que me habían confiado Regina y Longomontano. Pero la mente es caprichosa y, sometida a la obligación de pensar y recordar, se pierde en divagaciones y vaguedades que poco tienen que ver con el objetivo perseguido. Esta mañana, no obstante, mi mano ha ido componiendo la lista sin interferencias de la cabeza. Los pensamientos parecen fluir de la punta de mis dedos, que sujetan la pluma; sin apenas esfuerzo, he visto completado un trabajo continuamente aplazado por la inercia y la pereza.

La lista ha quedado como sigue:

«Comportamientos extraños:

El del maestro Tycho, con sus desacostumbradas maneras, su falta de energía y de ganas de vivir. Sus continuas referencias a la muerte.

El de Kepler. Por las discusiones con el maestro Tycho, su ambición, la reclamación vehemente de las observaciones y, luego, su actitud solícita para con el enfermo. Aunque lo ha negado, creo que es el único que se ha beneficiado con la muerte del maestro (él dice que no tuvo nada que ver y opina que no fue intencionada. Yo tiendo a creer que dice la verdad).

El de Erik Brahe. No sé muy bien por qué, pero ese hombre no me gusta. Demasiadas atenciones con el enfermo, a quien prácticamente no había tratado, según creo. Me dijo que me fuera de Praga.

El alquimista. Todo su comportamiento fue extraño. Todo él constituye un enigma.

Hechos que hay que considerar:

La aparición súbita de la enfermedad, su curso, la ausencia de efecto de los remedios y medicinas, y la rápida muerte del maestro. Tal vez no haya nada raro en ello, pero el maestro Tycho parecía disfrutar de buena salud justo antes de caer enfermo.

Las palabras de la señora Kristine: "No es la vejiga lo que está matando a mi señor...". ¿Trataba de darme a entender algo?

La sensación (no constatada como un hecho) de que alguien había entrado en el cuarto de los remedios el día que el maestro Tycho enfermó. No obstante, no llegué a apreciar que hubiera nada fuera de su sitio, o que faltase».

He releído la lista. En realidad, no hay muchas razones para creer que alguien haya causado la muerte del maestro Tycho. Escribirla me ha servido para reafirmarme en la opinión de que únicamente los hábitos del maestro fueron los responsables de su muerte. Con un ademán de desdén he querido guardarla, pero de pronto se me ha ocurrido añadir otra línea:

«Las flores que encontré a los pies de la tumba del maestro Tycho».

¿Qué conexión puede tener esto con todo lo demás? Lo ignoro, pero, como mínimo, es algo insólito y en estos momentos, lo que me siento capaz de investigar.

He estado un rato meditando. Al poco, he visto que el sol ya penetra libremente por la ventana e invade de luz la blancura de la habitación. Me he levantado de un brinco y me he puesto rápidamente a recogerlo todo. Debo darme prisa si quiero salir a la calle antes de que la casa despierte. Aún tengo que cepillarme el cabello y ponerme el vestido de muselina verde que le he pedido a Regina, quien, sin preguntar nada y alabando el contraste del color oscuro del tejido con la viveza de mis ojos, se ha ofrecido a estrecharlo hasta ajustarse a mi figura, harto más delgada que la suya. Quizá este vestido acentúe la palidez de mi rostro, pero, pensándolo bien, tampoco hay que angustiarse por ello. A buen seguro, la larga caminata que me espera hasta el castillo dará color a mis mejillas.

Viernes, 22 de octubre de 1604 (continuación) Collegium Venczlavi, Praga

Supongo que esta mañana, como es habitual, las calles de Praga serían un hervidero de voces, de lenguas, de gente;

que cuando he cruzado el Moldava debía de pasar alguna barca bajo el puente, y que tal vez los mendigos trataban de arañar algunos táleros de los ciudadanos que lo cruzaban; que en el castillo, nuevos edificios continuarían erigiéndose para mostrar al cielo el poder del emperador, y nuevos andamios se debían de estar construyendo para seguir con las reformas del ala norte. Todo lo supongo, porque no he prestado la menor atención. Mi mirada no ha reparado en gentes, en calles ni en edificios. Ha sido la voluntad lo que me ha guiado por el camino, y el deseo, lo que ha dado agilidad a mis pies: la voluntad y el deseo de ver de nuevo al alquimista.

Solo lo había visto dos veces, y una fue en medio del gentío. En ambas ocasiones, sin embargo, su comportamiento ha sido tan raro; sus comentarios, tan inesperados; y su conducta hacia mí, tan directa y turbadora, que me devora la curiosidad por su persona. Debido a la incomodidad y a las nuevas e intensas sensaciones que su presencia me despierta, hoy, al ir en su busca, aunque anhelo volver a verlo, me he sentido recelosa.

La entrada en el casillo ha sido fácil y he comprobado que, siendo la curandera de Kepler, recibo el mismo trato que cuando lo era de Tycho Brahe. Una vez dentro, como ya hiciera tres años antes, he empezado a subir por la escalera circular y, por vez primera desde que llegué a Praga, se me ha ocurrido pensar que quizá el alquimista ya no esté en el castillo. Mi recuerdo lo asocia de tal forma a este edificio y su aspecto encaja tanto con la atmósfera enigmática de la torre, que me resulta imposible creer que se haya ido. Pero hoy, con esta incertidumbre, he seguido subiendo los escalones hasta llegar frente a una puerta entreabierta que, por los grabados que la ornamentan y por su enormidad, promete ser la entrada de una de las grandes estancias de la torre. Sobre ella, escrito en letras doradas, he leído la divisa de los alquimistas: «*Ora, lege, relege, labora et invenis.*» Inconscientemente, la he repetido en voz alta: «Reza, lee, relee, trabaja y encontrarás». Pensando que habría de trabajar mucho si quería desentrañar el misterio de la muerte del maestro Tycho, he entrado en la estancia.

Y me he topado de frente con el alquimista.

No puedo describir el rubor y la súbita timidez que se han apoderado de mí cuando le he mirado a los ojos. Y por su mirada, mezcla de sorpresa y de reconocimiento, me ha parecido tan turbado como yo.

Y allí, en ese momento, entre el cúmulo de sensaciones, ha nacido una idea que las ha sujetado, que ha ido creciendo en mi interior hasta hacerme consciente de su fuerza. Y con una resolución y una certidumbre impropias en mí, me he dicho que no importa lo que me tenga reservado el futuro, que da igual si nuestros caminos no vuelven a cruzarse, que ya jamás, nunca en la vida, ningún otro hombre hará latir mi corazón con la intensidad y la fuerza con que lo hace latir el alquimista.

Con la mirada todavía fija en mí, he comprobado que su aspecto no ha cambiado con el tiempo. Quizá lleva el cabello algo más largo, y quizá los rasgos de su rostro no son tan delicados como yo los recordaba, pero su cuerpo es igual de esbelto; los brazos, igual de firmes; y su semblante es el mismo que ha atormentado mi descanso durante las largas noches de los tres últimos años. Conserva, incluso, la costumbre de arquear la ceja izquierda cuando algo le intriga, como ahora, pues probablemente se pregunta el motivo de mi visita.

Tampoco sus maneras han cambiado, como he podido comprobar cuando, mientras me ha alargado el vaso en forma de alambique que lleva en las manos, me ha pedido que lo siga al interior de la estancia.

–¿Qué hacéis ahí, quieta como un pasmarote? ¡Tomad, coged esto. Demostradme que aún recordáis lo que aprendisteis en casa del maestro Lange!

Y así, con el alambique en la mano y sin poder ocultar la satisfacción de saber que se ha interesado en mí lo bastante como para indagar acerca de mis pasos lejos de Praga, lo he seguido, decidida a demostrarle que sí, que recuerdo perfectamente el arte de los alquimistas.

Hemos cruzado la primera habitación –un cuarto pequeño que, por los instrumentos que guarda, me ha parecido el *coagulatorium*, el lugar donde se hacen separaciones y purificaciones– y hemos pasado a una gran estancia, sin lugar a dudas, el corazón de la torre de los alquimistas. Un gran

145

atanor, el horno de calcinación, la preside. Alrededor hay unas mesas en las que los asistentes, algunos de los cuales han levantado la cabeza con curiosidad al verme pasar detrás del alquimista, trabajan con baños de arena y crisoles de calcinar. Hemos ido a la que he supuesto que es su mesa, donde le espera un horno de destilación.

Ha cogido un vaso de cerámica que contiene una pasta de color rojo como la sangre, de una tonalidad que no me es nada familiar y que dudo sea el resultado de una simple digestión de metales. Con sumo cuidado, ha vertido la pasta en una retorta de cristal, me la ha entregado y me ha pedido que le enseñe cómo hacen en el norte las destilaciones.

Debo confesar que al principio me he sentido insegura con la retorta entre manos, pues en las destilaciones que he efectuado hasta entonces he usado un vaso de vidrio tapado con un alambique. Pero no quiero mostrar debilidad ante este alquimista socarrón que observa mis progresos con aire de suficiencia.

He colocado la retorta sobre el horno y, como el cuello me ha parecido demasiado corto para lograr la condensación del vapor, lo he unido a un aludel que he hecho reposar en el cuello del alambique que me había dado. Mientras trabajo, mi agitación se ha ido apaciguando; el hecho de tener la atención fija en un objetivo ha calmado mi turbación y, en estos momentos, me encuentro mucho más segura para afrontar la mirada del alquimista. De vez en cuando advierto, de reojo, que tiene la mirada puesta en mí, con una sonrisa contenida en los labios, pugnando por salir. Yo finjo no verlo y creo que lo he conseguido, ignorando miradas y palabras, como cuando, con una deferencia que puede haber pasado por amabilidad, pero que yo he interpretado como comentario insolente, me ha dicho: «Dejad que os ayude. Nunca me perdonaría que se estropease un vestido que resalta de tal forma vuestra figura». Consciente de la ambigüedad de la mayoría de sus afirmaciones, me ha asaltado un pensamiento inquietante: ¿y si se ha fijado en las costuras de las pinzas que había hecho Regina?

Cuando estoy punto de acabar, el alquimista se me ha acercado para comprobar el ajuste de las conexiones entre el tubo y la retorta.

–Había oído que la curandera de Tycho Brahe había vuelto a Praga –ha dicho mientras inspecciona el artilugio de destilar con aire de aprobación–. Pero tengo por costumbre no hacer caso de los rumores.

Quizá espera una respuesta por mi parte, pero al permanecer callada, ha seguido hablando:

–Y también me dijeron que ahora está en casa de Kepler. ¿Y sabéis que les dije yo? Les dije: «Bien, ha salido ganando con el cambio».

No, no puedo dejarme engatusar por su verborrea como la última vez que acudí al castillo. Mirándolo fija e insistentemente, he cortado su discurso.

–Necesito vuestra ayuda.

El alquimista me ha dirigido una mirada inquisitiva antes de ponerla de nuevo en el aparato de destilar. Pero enseguida, tras comprobar que el calor ha empezado a liberar las primeras gotas de vapor de la pasta rojiza, consciente quizá de la gravedad de mi semblante, me ha dicho sin ironía alguna:

–Venid. Seguidme.

De nuevo hemos pasado junto a los asistentes, a quienes ha confiado la atención del proceso de destilación recién empezado. Hemos salido del laboratorio y nos hemos dirigido a la parte alta de la torre, a la estancia donde vi al alquimista por primera vez, al *adytum*, el sanctasanctórum de los alquimistas.

Ya en su interior, me ha invitado a tomar asiento en un banco. He observado un grabado de madera que decora la pared. Representa una fuente de tres surtidores que descansa sobre tres pies y que está rodeada por cinco estrellas de seis puntas y custodiada por la Luna y el Sol. Dos columnas de humo se elevan a cada lado de la fuente y, sobre ella, una serpiente de dos cabezas intenta devorar las estrellas. Son símbolos alquimistas que representan los principios de transformación y purificación.

El alquimista ha seguido mi mirada.

–Se trata de una de las ilustraciones del *Rosario de los filósofos* del maestro Arnau de Vilanova –ha dicho con la indiferencia que da la costumbre, mientras se ha sentado frente a mí.

Por la distribución de las mesas, he supuesto que comparten el estudio tres alquimistas. Está saturado de libros y cubierto de simbología. A la sazón, sin embargo, estamos solos en la sala.

Un incómodo silencio se ha establecido entre nosotros. Cuando hemos empezado a hablar, lo hemos hecho los dos al unísono, entrecortándonos. Con una sonrisa, lo he animado a empezar él la conversación.

–Habéis dicho que necesitabais mi ayuda. Decidme: ¿en qué puedo serviros?

–Quisiera obtener respuestas –he dicho rápidamente. Al darme cuenta de la vaguedad de mi demanda, he añadido–: me gustaría que me contestaseis a algunas cuestiones.

–Si está en mis manos... –ha dicho, evasivo.

Lo he mirado fijamente y le he preguntado sobre el día en que me dio la medicina para el maestro Tycho, sobre su insistencia en lo de la dosis. Al hacer la pregunta, me he dado cuenta de que me he sentido aliviada al haber verbalizado una inquietud que, durante años, se ha apoderado de mi pensamiento. Lo que no esperaba es que él se lo tomase como lo ha hecho, con una carcajada.

–Lo que me preguntáis es fácil de responder –ha dicho al terminar de reír, mientras yo, con ademán de indignación, he intentado mostrarle que no le veo la gracia a mi pregunta–. Lamento que las inocentes referencias que hice a la dosis os provocasen desasosiego. Nada más lejos de mi intención.

No lo creo, pero le he dejado explicarse y su respuesta ha aumentado, si cabe, mi incredulidad.

–Mirad, yo, en las artes de la alquimia y la medicina, soy discípulo de las enseñanzas del reformador, el gran Paracelso. Como él, utilizo sales, metales y minerales para curar enfermedades. Aquel día, cuando os di la triaca y os destaqué la importancia de la dosificación para evitar que estas sustancias se convirtiesen en venenos, no hice más que seguir sus doctrinas.

–No creo que Paracelso hubiese advertido sobre la dosis con una maliciosa sonrisa en la cara, intentando atemorizar a la persona a quien dirigía su consejo –he espetado. El alquimista ha encogido los hombros y ha sonreído, por toda respuesta.

No me gusta en absoluto el cariz que ha tomado la conversación. En ese momento he tenido la seguridad de que no voy a sacar nada en limpio, de que el hermetismo de los alquimistas se ha apoderado de él. Aun así, le he preguntado por la otra cuestión, y el resultado ha sido igualmente decepcionante.

–Suponiendo que lo que decís sobre la dosis fuera cierto, ¿por qué, entonces, me aconsejasteis con tanta vehemencia que me fuese de Praga?

–A eso no os puedo responder.

Con un suspiro de desesperación, me he incorporado y me he dirigido hacia la puerta con los ojos húmedos por lágrimas de ira. No es solamente información sobre la muerte del maestro Tycho lo que estoy buscando; ahora tengo que satisfacer una necesidad más egoísta, más primaria. Y aunque la razón se rebela, mi corazón pide a gritos la comprensión y la ayuda del alquimista.

Me ha cogido del brazo y me ha detenido antes de llegar a la puerta.

—Nat, no os vayáis —ha dicho en tono autoritario, y ha añadido en voz baja—: Por favor, decidme qué os inquieta.

Quizá ha sido por oírle decir mi nombre por primera vez, o tal vez por la expresión de su cara, preocupada y suplicante, o incluso por la delicada presión de sus dedos en mi brazo, o a lo mejor por todo a la vez, pero ha derrotado mi voluntad, me ha hecho dar media vuelta y me he vuelto a sentar en el banco. Y con la debilidad que acompaña a la rendición, le he contado todo lo relativo a la enfermedad del maestro Tycho, sin ocultarle las sospechas, la conversación con Kepler y lo poco que he adelantado en mi búsqueda de la verdad.

—A mí también me han llegado noticias de estas sospechas, pero no les he dado ninguna importancia. De hecho, considero natural que la muerte repentina de un personaje poderoso levante sospechas y murmuraciones.

Si con ese comentario pretende tranquilizarme, desde luego, no lo ha logrado. Mi incomodidad se ha visto acrecentada por mi vergüenza: él está por encima de chismes y comadreos, mientras que yo me he dejado arrastrar por las habladurías.

¿Cómo puede estar tan ciego? ¿Es que no se da cuenta de que necesito saber si con su preparado, con su triaca, he sido yo la causante de la muerte del maestro Tycho?

–Pero veo que os preocupa este asunto –ha continuado–; por lo tanto, haré todo lo que esté en mi mano para ayudaros. Y para vuestra tranquilidad, os puedo asegurar que ni las advertencias que os hice sobre la dosis ni la recomendación de que os fueseis de Praga tuvieron nada que ver con la muerte de vuestro maestro.

Es la segunda persona que proclama su inocencia, y lo hace con la misma intensidad que la primera. Y yo debo confesar que quiero creerlos a ambos, a Kepler y al alquimista.

Mientras yo medito sobre ello, se ha oído un ruido indefinible, un chirrido o crujido apagado, que parece proceder de algún rincón de la sala. El alquimista se ha levantado de golpe y, corriendo, ha subido por la estrecha escalera de caracol que hay al fondo de la estancia. Por mi parte, contagiada por su actividad, he abierto la puerta que da a la torre para comprobar si hay alguien escondido detrás. Nadie. Así se lo he hecho saber al alquimista al regresar de su inspección.

–Esta habitación es bastante segura, probablemente, de las más seguras del castillo, porque nadie osa estorbar a los alquimistas –ha dicho–. De todos modos, estaremos más tranquilos en los jardines. Los únicos que pueden oírnos allí son los ciervos.

Al bajar por la escalera para salir de la torre, ante las puertas cerradas que yo he supuesto que son los dormitorios de los asistentes, he oído el lloriqueo de un bebé. He recordado, entonces, que los trabajadores viven en el castillo con sus familias y he preguntado al alquimista si tiene la suya aquí, con él.

–No. Mis padres viven en Padua y mi hermano estudia en Basilea –me ha respondido.

–¿Y vuestra esposa? –he inquirido tímidamente.

–Yo vivo solo en el castillo.

No he podido reprimir una breve sonrisa de satisfacción ante la inflexión de su voz. Puede que él se haya percatado de mi complacencia. No sabría decirlo, pues con los ojos clavados en el suelo he evitado mirarlo directamente.

En el exterior, los jardines resplandecen a la suave luz del mediodía. No espero ver ningún ciervo; están más abajo, en el foso donde el emperador ha mandado construir su coto privado de caza, pero sí he visto unos pavos, que pasean entre las estatuas con toda su magnificencia. Hemos pasado junto a los setos de mirto y romero, y hemos llegado junto al palacio de verano; nos hemos sentado bajo una pérgola, a la sombra de una parra que trepa. Hemos permanecido unos momentos en silencio, con la mirada perdida, tal vez en los invernaderos donde crecen árboles exóticos cargados de naranjas, higos o almendras; también he escuchado la suave melodía procedente de una magnífica fuente de bronce y el resonar de sus gotas cayendo en la pila.

—Este es el palacio que el emperador cedió al maestro Tycho para que instalase sus instrumentos de observación del cielo —he dicho señalando el palacio de verano.

Mientras mira con aire ausente hacia donde yo señalo, el alquimista ha retomado, sin más, la conversación donde la habíamos dejado.

—Por favor, dadme detalles de la enfermedad de vuestro maestro —me ha pedido de pronto.

—Quizá ya los conocéis. ¿Recordáis que el doctor Jessenius hizo referencia a ellos en la oración del funeral del maestro Tycho?

—Os ruego que me disculpéis, pero aquel día estaba demasiado ocupado intentando llamar la atención de cierta persona como para atender al responso —ha dicho el alquimista. Huelga decir que el rubor ha teñido de nuevo mis mejillas. Ya he perdido la cuenta de las veces que este hombre me ha sacado los colores.

—De acuerdo, entonces —he dicho resuelta—; os daré mi versión del asunto.

Le he explicado que el maestro Tycho regresó de un banquete con fuertes dolores en el bajo vientre y que se dijo que sufría una rotura de la vejiga. Que durante once días padeció dolores, fiebre, insomnio y delirio, y que fue prácticamente incapaz de orinar durante todo ese tiempo. Y, finalmente, que después de unas horas en que su estado parecía haber mejorado, murió plácidamente.

El alquimista parece pensativo; cuando ha hablado, su expresión es seria y grave.

–Los síntomas que describís se parecen a los que provoca el envenenamiento por mercurio –ha dicho en tono categórico–. También podría tratarse de arsénico o de plomo, pero, por los indicios que explicáis, y si hemos de escoger un veneno, yo me decantaría por el primero. ¿Se guardaban compuestos de mercurio en casa de Tycho Brahe?

–En efecto. La plata viva es el mejor remedio para las llagas y picores que provoca el mal francés –le he explicado. Prefiero usar el nombre de plata viva en lugar del de mercurio; creo que describe mejor su apariencia, parecida a la de la plata, pero movediza, cambiante y difícil de dominar.

–¿Y es posible que Tycho Brahe hubiera tomado mercurio para curarse de algún mal?

–Podría ser, pero lo dudo –he dicho sin reflexionar.

–¿Por qué?

–Porque él conocía los peligros de la plata viva. Recuerdo que advertía a sus asistentes que solo había que leer a los antiguos para conocer sus efectos nocivos en el cuerpo y la mente.

–Pero podría haberse envenenado por accidente, cuando usaba mercurio en el laboratorio, como les ha ocurrido a muchos alquimistas –ha añadido el alquimista, arqueando la ceja izquierda.

–Desde luego, podría haber sido así. Pero, sinceramente, no lo creo o, por lo menos, no creo que su inesperada enfermedad fuera causada por un accidente de laboratorio. Al fin y al cabo, debéis tener en cuenta que, desde que llegó a Praga, no había podido disponer de un laboratorio en condiciones, y no me consta que en los últimos años hubiera vuelto a las prácticas alquimistas.

El alquimista ha asentido, convencido con mi respuesta.

–Si Tycho Brahe era tan cauteloso como decís, supongo que tendríais guardada la plata viva en lugar seguro –ha afirmado, aunque en un tono más bien de pregunta.

–Cerrada bajo llave, en una alacena en el cuarto de los remedios.

–¿Y quién tenía a su cargo esa llave?

–Yo –he respondido, bajando la vista.

El alquimista, tras un suspiro, ha seguido haciendo preguntas.

–¿Sabéis si había copias de esa llave?

–Me imagino que sí, que las habría, pero las debía de tener el maestro, y él siempre me pedía la mía cuando tenía que disponer de alguna sustancia.

«¿Sois consciente de haberla llevado siempre encima? ¿Alguna vez se la dejasteis a alguien? ¿Dónde la llevabais?» A estas tres preguntas he respondido con un sí, un no y un tímido «colgando del cuello».

El alquimista se ha incorporado bruscamente y se ha puesto a caminar bajo la pérgola. Se ha llevado las manos a la cabeza, con preocupación.

–Es imposible que Tycho Brahe quisiera suicidarse, ¿verdad? –me ha preguntado, deteniéndose en seco.

He meditado unos momentos sobre ello. No estoy tan segura de poder responder con la misma celeridad que a lo anterior. Porque, ¿no es cierto que en los últimos tiempos el carácter del maestro se había vuelto taciturno y aludía constantemente a la muerte? Y ¿no es también cierto que fue a visitar al emperador con Kepler para asegurarse un sucesor? Pero no, no puedo aceptar que la vitalidad, la energía y el coraje del maestro Tycho se hubieran agotado. Aún le quedaba mucho por hacer...; ¿por qué, si no, suplicaba antes de morir que no permitiesen que su vida hubiera sido en balde? Mi respuesta ha sido firme:

–No.

–Entonces, podemos suponer que, si le dieron un veneno, tuvo que ser durante el banquete, justo antes de empezar la enfermedad –ha dicho mientras se ha sentado otra vez a mi lado–. ¿Sabéis dónde se celebró?

–Sí, fue en el palacio del barón Von Rosenberg, muy cerca de casa del maestro, del palacio Curtius.

–El barón Rosenberg... –ha repetido pensativo–. Sí, ¡ya he oído hablar de sus fiestas y de la gran cantidad de comida y bebida que en ellas se consume! Dudo que ahora, pasados más de tres años, alguien recuerde algo de lo ocurrido en aquel banquete, y todavía menos, quiénes eran los otros invitados. Y eso, suponiendo que alguien estuviera lo bastante sobrio como para enterarse.

Lo he mirado con cara de sorpresa: ¡qué duro es con su condena a los banquetes e invitados del barón! Me ha devuelto la mirada y en sus ojos juguetones he podido atisbar el inicio de una sonrisa.

Se ha levantado de nuevo y me ha invitado a salir de la pérgola. Hemos paseado al lado de la fuente.

–Tenéis un problema difícil, Nat. Intentáis descubrir la razón de una muerte, pero, al fin y al cabo, solo disponéis de rumores, suposiciones y conjeturas –ha hecho una breve pausa, se ha detenido y se ha girado hacia mí–. Creo que poco puedo hacer para ayudaros; en realidad, dudo si proponeros la única idea que se me ocurre. Temo que todo resulte aún más confuso e incierto.

–Perded cuidado –le he dicho–. Estoy tan a oscuras que apreciaré cualquier información que pueda arrojar algo de luz.

–Si es lo que queréis... –ha añadido, a regañadientes, mientras ha emprendido otra vez la marcha con la vista fija en el suelo y las manos a la espalda–. Os propongo ir a ver a alguien a quien tengo en gran estima y respeto, una persona que conoce todos los secretos del castillo y de los consejeros, que sabe de las intrigas y traiciones que envuelven y oprimen a nuestro emperador. Pero os prevengo de que no será una visita agradable. Se trata de un hombre enfermo y desencantado, abandonado por los amigos y por la suerte.

–No importa. La miseria no me resulta ajena, y siento compasión y respeto por los desengañados.

–De acuerdo, entonces –ha añadido, complacido–. ¿Qué os parece si dentro de un par de días os acompaño a su casa?

He asentido y hemos acordado dónde y cuándo encontrarnos. Y hemos seguido paseando hacia la salida del castillo. La hora es avanzada y una ligera sensación de desfallecimiento me ha recordado que hoy no he desayunado ni almorzado; si seguía allí por más tiempo, tampoco cenaría.

Justo antes de despedirnos, me he fijado en unas abejas que revolotean alrededor de unos crisantemos, quizá tratando de hacerse con los últimos restos de alimento antes de que el frío otoño lo haga desaparecer. Y, sin querer, he dicho en voz alta lo que me ha venido a la cabeza.

–Habrá tormenta.

El alquimista ha mirado al cielo y ha replicado, extrañado:

–Yo no veo ninguna nube de tormenta.

–No, aún no hay ninguna, pero fijaos en estas abejas –he señalado los crisantemos–. ¿Veis que llevan unas pequeñas piedras entre las patas? Es para aumentar su peso, para evitar que el viento se las lleve y las derribe. Se preparan para la tormenta.

El alquimista se ha echado a reír, y así lo he dejado en el puente del castillo. Y he regresado a casa acompañada por el recuerdo de su risa.

Viernes, 22 de octubre de 1604 (continuación) Collegium Vencezlavi, Praga

Esta noche he hablado con Regina. He querido ponerla al día de mis progresos, o mejor dicho, de mi falta de progresos en la misión que me ha encomendado. No le he dicho nada del alquimista; solo le he comentado que he visitado a un antiguo conocido en el castillo. Supongo que es ridículo esconder así mis sentimientos y, más todavía, hacerlo ante alguien que tanto se alegraría de saberlo. Pero posiblemente sea la confusión que me produce, la falta de confianza en lo que él siente por mí y, por qué no, también la vergüenza, lo que me hace guardar, bien cerrado en mi corazón, el tiempo que paso con el alquimista.

Regina sigue creyendo esperanzada que tendré éxito, que daré con el culpable de la muerte del maestro Tycho. Me gusta su entusiasmo; diría, incluso, que me ha venido bien hablar con ella, que me ha contagiado su optimismo y que me muero de ganas por que llegue pasado mañana y hacer la visita que me ha prometido el alquimista.

Mientras hablamos, estamos en el cuarto de Jepp. El bufón no se recupera; por el contrario, cada vez parece más enfermo. La fiebre va y viene, combinada con episodios de frío y temblores seguidos de grandes sudores. Si en un par de días vuelve la fiebre, significará que tiene tercianas y, si ha pillado un mal aire, no creo que lo resista, dada su débil constitución.

Mientras yo seco el sudor del cuerpo del enfermo, Regina le aplica compresas frías en la frente. Y en eso estamos cuando Jepp ha soltado una de sus frases escuetas y aterradoras: «Hay algo podrido en Dinamarca».

–¿Lo has oído? –me ha preguntado Regina, que ve predicciones en los desvaríos del bufón–. Quizá signifique que el motivo de la muerte de tu maestro hay que buscarlo en Dinamarca.

–¿Te parece? –he preguntado, sin lograr evitar que mi voz refleje la duda.

De todos modos, me ha hecho sentir incómoda. La frase me suena; recuerdo haberla oído alguna otra vez, pero no puedo concretar cuándo ni dónde. Y eso me inquieta.

Esta noche, cuando he llegado a mi habitación, ha acudido a mi cabeza como un relámpago el origen de la frase sobre Dinamarca, y estoy segura de que Jepp también la ha oído allí. Fue en casa de la señora Sophia; solía decirla uno de los acreedores que se había instalado en ella para burlarse de todos nosotros riéndose de nuestros orígenes.

Tal vez sí que hay que pensar en los enemigos de Dinamarca, pero eso tendrá que esperar. Bastante tengo ahora con ocuparme de los enemigos de aquí, de Praga.

Capítulo 8. *Proditio*
Domingo, 24 de octubre de 1604
Collegium Vencezlavi, Praga

Hoy he mirado a los ojos de la miseria y me ha sorprendido que me recibiera con una sonrisa.

¡Cuán ridícula era la ingenuidad que mostré ante el alquimista, y qué penoso el comentario sobre mi familiaridad con el sufrimiento! Ahora puedo decir que nada, nada de lo que he vivido –ni siquiera de lo que me habían contado– me podía preparar para la pobreza, el dolor y la desolación que he presenciado.

¡Y pensar que, al levantarme de buena mañana, el día se me presentaba feliz! El Sol luchaba por abrirse paso entre las nubes, las desgarraba con su poder y las convertía en un vago recuerdo del tiempo gris y tempestuoso que tuvimos ayer. Asomé la cabeza por la ventana, inspiré el aire fresco y sentí cómo mi cuerpo se llenaba de vigor. Miré la ciudad que se abría frente a mí, que me invitaba a pasear por ella y a descubrirla.

Pero poco me ha durado esa energía; solo ha hecho falta una visita al cuarto de Jepp para deshincharme. Ha sido la visión de su pequeño cuerpo empapado de sudor, contorsionado por los temblores y el sufrimiento. Pero, sobre todo, me ha desanimado la certeza de que mis remedios no han hecho nada por curarlo y la duda de que el médico, a quien he llamado a la habitación por medio de un lacayo, pudiera hacer algo por él. Porque, ¿cómo puede recuperarse una rama rota por el viento? ¿Cómo se puede devolver la vida a alguien que hace tiempo que ha escogido la muerte?

No es que yo quiera al bufón. Lo cuido y lo trato con respeto, pero más bien diría que lo miro con desdén, que lo considero una molestia unida a mi destino, como una garrapata pegada a la piel de un perro. Aun así, me he habituado a su presencia, a los largos silencios y a los súbitos comentarios de cariz profético, y sé que, si se va, lo lloraré, porque me siento unida a él por una fuerza mayor que el afecto, por un sentimiento más fuerte que el amor. Ambos somos los restos de un naufragio; estamos obligados a vagar juntos el resto de nuestros días, prisioneros de un futuro que no hemos escogido, porque sin la nave que nos llevaba, no seremos capaces de encontrar un nuevo rumbo.

Con estos pensamientos en la cabeza, y actuando maquinalmente, me he dispuesto a salir al encuentro del alquimista. Pero nada más cruzar la puerta de casa me he encontrado con un viajero que venía del norte y que preguntaba por mí. Me trae una carta de la señora Sophia.

Y con la misiva en el bolsillo me he dirigido hacia la plaza y he esperado al alquimista apoyada en uno de los muros de la torre del reloj. Todavía es pronto.

No me he dado cuenta de la llegada del alquimista hasta que he oído su saludo. Estaba absorta leyendo la carta. La señora Sophia me escribe en respuesta a una cuestión que le formulé a través de Longomontano. En mi carta le preguntaba por las razones que hicieron marchar al maestro Tycho, primero de su castillo de Uraniborg en la isla de Hven, y luego de Dinamarca. Y es que, a pesar de que yo vivía en el castillo, en Hven, y de que viajé con la familia durante aquel periplo, nunca he llegado a entender qué motivó la repentina enemistad del rey con nuestro maestro. Y cuando se lo he preguntado a Longomontano o a las hijas del maestro Tycho, tampoco he obtenido una respuesta concluyente, sino llena de vaguedades y suposiciones. No sé por qué no se lo había preguntado nunca a la señora Sophia durante el tiempo que pasé con ella. Quizá porque entonces no tenía interés alguno en la respuesta. El maestro Tycho había muerto; no era menester remover el pasado.

Pero ahora es distinto. Las sospechas y rumores han hecho de mi curiosidad una necesidad. Y, por lo poco que he leído de la carta antes de llegar el alquimista, parece que la señora Sophia sí que me explica el porqué.

–¡Sois madrugadora! –ha exclamado el alquimista después de saludarme.

Le he dirigido una sonrisa nerviosa, al tiempo que me he guardado la carta en el bolsillo.

Después del acostumbrado cambio de formalidades, comentando el estado del tiempo, la exuberancia de los edificios y torres que rodean la plaza, y demás rituales de cortesía que suenan ridículos en boca del alquimista –porque no son más que muestras de una súbita timidez que, aunque halagadora, no encaja con su estilo–, hemos salido de la plaza en dirección a la muralla. Esta parte de la ciudad me es desconocida, ya que siempre tiendo a moverme por el Moldava y los jardines del castillo para pasear. Al pasar por una de las puertas de la muralla, el alquimista me ha explicado que esa torre era el punto de inicio de las ceremonias de coronación de reyes y emperadores, los cuales partían desde aquí y caminaban con su séquito hasta la catedral de San Vito, en el recinto del castillo, donde recibían la corona. Me cuesta trabajo imaginar a los cortesanos, rechonchos, acostumbrados a una vida disipada y fácil, caminando toda esa distancia, y así se lo he dicho al alquimista, que se ha reído relajadamente y ha logrado parecerse un poco más a sí mismo.

Fuera de la muralla, antes de llegar a los campos y bosques que se ven a lo lejos, hemos seguido por un entramado de calles y edificios que no parecen muy distintos de los que están protegidos intramuros. Pero, de repente, esa continuidad ha cambiado. Las calles se han vuelto estrechas, oscuras y húmedas, y transmiten el frío que acompaña a los lugares que no han visto nunca el sol. La niebla que hoy se extiende sobre Praga y que tanto se identifica con la ciudad –la que le confiere su aspecto soñador y romántico–, aquí, atrapada entre las paredes de las casas, parece un muro imposible de franquear y un techo que no deja escapar el hedor que sale de los agujeros del camino y de las ventanas de las casas. Es pestilencia agria, mezcla de podredumbre y corrupción. Pero no ha sido la oscuridad, la suciedad ni el tufo lo que me ha helado la sangre: ha sido la gente. Hombres y mujeres que, sentados a las puertas de las casas o apoyados en la pared, no parecen advertir nuestra presencia. Tenemos que ir esquivándolos para continuar el camino. Tienen el rostro inmóvil, con una mueca que parece una sonrisa petrificada en el tiempo, y el único signo de vitalidad que muestran son los ojos, grandes y líquidos, que destacan en aquellas caras famélicas espiando nuestro paso.

Voy sola con un hombre y me he aventurado a salir de la ciudad en su compañía; de hecho, he roto ya tantos convencionalismos que uno más, no importa. Indiferente a la corrección y prescindiendo de formas y normas sociales, me he cogido fuertemente del brazo del alquimista, aferrándome con la mano como una pinza, para sentir vida, una piel que palpite y me ayude a no perder la razón en aquel océano de muertos vivientes.

El alquimista ha puesto su mano sobre la mía, en actitud de darme coraje, pero al levantar la vista para mirarle a los ojos, en su perfil he notado tensión y preocupación, y he apreciado que fuera de su ambiente, apartado de los muros del castillo, su aspecto es vulnerable, incluso algo tierno. Me he dicho que se le ve joven, muy joven.

Hemos seguido por las callejuelas, trazadas sin orden ni concierto, con un cruce detrás de cada esquina, y hemos llegado a una puerta en nada distinta de las demás. El alquimista ha dicho que es nuestro destino. Una mujer vieja nos ha abierto. Su rostro carece de expresión, como los que hemos dejado atrás. Pero, al reconocer al alquimista, la anciana ha hecho una mueca que podría interpretarse como de alegría y nos ha invitado a entrar.

Las zancadas del alquimista resuenan sobre la madera vieja, que cruje mientras avanza por la casa. Busca algo con la mirada. Yo he permanecido un momento en la entrada para dejar que mis ojos se acostumbren a la oscuridad, más intensa y opresiva aún que la de la calle, pero la mujer me ha instado a entrar. Me ha cogido con una mano huesuda y dura, y me ha guiado por habitaciones desnudas, sin muebles ni ocupantes, hasta un cuarto donde unas hojas y una pluma sobre una mesa arrinconada contra la ventana, probablemente para arañar la tímida entrada de luz, anuncian a un ocupante. Está junto a la mesa, fundido en un abrazo con el alquimista.

Es un hombre alto y flaco que viste terciopelo dorado, pero la tela está hecha pedazos, los colores de las ropas están raídos y le van tan holgadas que parecen heredadas de alguien bastante más grueso. Pero el anillo que luce en su mano contradice la impresión de los vestidos y es la prueba de que este desconocido ha gozado de mucho poder e influencia. El alquimista me lo ha confirmado de forma involuntaria, porque cuando se ha dirigido a él lo ha tratado de excelencia. Y el hombre, sorprendentemente, le ha llamado «hijo mío».

Han deshecho el abrazo y el hombre se ha girado hacia mí. Su rostro ha dibujado una cálida y acogedora sonrisa.

–Conque tú eres la curandera de quien tanto me ha hablado mi hijo –ha dicho con voz ronca–. Perdona que no te reciba con el agasajo que mereces; por desgracia, no acostumbramos a recibir visitas en esta casa. Pero ven, acércate, que quiero verte la cara.

He dado unos tímidos pasos en su dirección hasta quedar junto a él. El hombre ha levantado la mano y me la ha pasado por la cara con delicadeza.

–Bellísima –ha dicho en voz baja cuando ha acabado la inspección–. Bellísima y misteriosa.

El alquimista, que había desaparecido y ahora volvía con un par de sillas, ha oído el final del comentario. Se ha acercado a mí y, sonriente, ha añadido:

–¡Valiente apreciación, excelencia! ¡Eso ya os lo había dicho yo!

Yo aún estoy demasiado confusa por todo lo que he visto en la calle, por la atmósfera de la casa y la figura de nuestro anfitrión como para contemporizar con estos comentarios, que más bien me resultan enojosos por frívolos, y fuera de lugar con tanta miseria. Las preguntas se me acumulan; no entiendo nada de lo que hay a mi alrededor y no quiero perder un solo instante ruborizándome o sintiéndome alagada.

–Señor, soy la curandera del matemático imperial, el señor Kepler. Y antes estuve al servicio de mi maestro, Tycho Brahe.

El hombre ha asentido mientras, muy despacio, como si temiera que su osamenta no soportase su peso, se ha sentado en la silla que hay junto a la mesa.

–No necesitas presentarte –ha dicho–. Mi hijo ya me había anunciado que vendrías y también el motivo de tu visita. Más bien soy yo, me parece, quien debería presentarse.

–Os lo agradecería, señor –me he apresurado a responder. Aunque imagino que su presentación no responderá a mis preguntas, siento gran curiosidad por saber por qué se observan aquellas contradicciones en su persona, como el lujo caduco de sus ropas mezclado con la pobreza de la vivienda, o la razón por la que llama hijo al alquimista cuando él me dijo que sus padres estaban en Padua. ¿Quizá este hombre había sido su tutor?

–En realidad, no hay más que lo que ves –ha dicho el hombre–: un viejo pobre y enfermo, abandonado por todos cuantos antes lo trataban con reverencia.

El alquimista ha acercado dos sillas a la mesa y nos hemos sentado junto a él. La mía cojea.

–No hay lugar para los moribundos en la corte de nuestro emperador –ha añadido.

Me he preguntado cuál será la enfermedad que lo aqueja. Dado su aislamiento y confinamiento, debe de tratarse de una de las más temibles. No puede ser la peste ni la lepra, pues no presenta ninguno de los síntomas característicos de estas dolencias. Quizá es el mal francés, pero este está muy extendido –especialmente entre la gente poderosa– para justificar su ostracismo. No, no puede ser ninguno de esos males. He mirado su cuello, donde la piel se abre en unas grietas que antes debían de estar cubiertas de carne, y me ha venido a la mente una palabra: consunción. El anciano se está secando y consumiendo, y su aspecto pálido, casi fantasmal, es prueba de que sufre tisis.

–¡Pero no has venido para hablar de mis males! –ha dicho animado, sin haberse presentado aún–. Has venido a hablar de tu maestro, un gran hombre...

Se ha levantado de la silla y se ha dirigido poco a poco hasta donde hay un montón de libros apilados contra la pared. Ha cogido dos.

–Mira –me ha dicho mientras me los ha puesto delante–: me dedicó dos de sus libros.

He echado una rápida ojeada a la dedicatoria antes de que el hombre cerrara los libros y he visto que el maestro Tycho se los había dedicado a un príncipe. No he tenido tiempo de leer el nombre.

–Su muerte fue una gran pérdida –ha añadido con pesar el príncipe.

–¿Sabéis si alguien deseaba su muerte? –le ha preguntado el alquimista.

–¿Deseársela? –ha preguntado el príncipe en tono de burla–. Hijo, conoces de sobra esta ciudad para saber que no has hecho la pregunta correcta. Todos desean la muerte de alguien aquí, en Praga. Lo que deberías haber preguntado es si alguien fue más allá del deseo y pasó a la acción. Déjate de retóricas, hijo mío; deberías preguntarme si alguien lo mató.

–¿Alguien lo mató? –he espetado, aprovechando la ocasión.

El príncipe ha fijado sus ojos juguetones en mí, y en su mirada he visto que, a pesar de mis preguntas, no me va a decir todo lo que sabe: no me dirá ni una palabra más de lo que él considera que yo debo saber.

–Tycho se había creado demasiados enemigos en la corte. Su posición en el castillo era difícil; el emperador confiaba demasiado en su criterio –he aquí su respuesta. Elusiva.

–Pero el maestro Tycho no era uno de sus consejeros –he dicho, mitad pregunta, mitad afirmación.

–Era el matemático imperial, el astrólogo del emperador, el que lo asesoraba y lo aconsejaba sobre los acontecimientos por venir. Por lo tanto, a todos los efectos, era su consejero. Además, el emperador lo respetaba y lo escuchaba con gran interés por su objetividad e imparcialidad.

El príncipe, mostrándose categórico con esta respuesta, me ha sorprendido con una pregunta:

–¿Qué sabes tú de nuestro emperador?

–No mucho –he respondido–. Lo que todo el mundo sabe. Que es tímido y solitario, que no sale de los muros del castillo, que es un gran coleccionista y un amante y protector de las artes y las ciencias.

–Veo que conoces la parte noble del emperador. Y tú, hijo, ¿qué imagen tienes del gran Rodolfo?

–Qué puedo deciros que no sepáis, excelencia –ha dicho el alquimista mientras se ha acomodado en la silla, demasiado baja para sus piernas–. La imagen que tengo de él es la de una persona inestable, un enfermo que alterna estados de furia e ira con episodios de melancolía y tristeza. Un adicto a la astrología que ha convertido la corte de Praga en rehén de herméticos, charlatanes y cabalistas. Un pobre soñador que se vio obligado a crecer a la sombra del poderoso Felipe II, en España, y en quien apuntan los síntomas de su bisabuela, Juana I de Castilla, la reina loca.

El príncipe ha mirado al alquimista con una mezcla de diversión y reproche.

–¡Palabras duras, viniendo de boca de uno de sus alquimistas! Ándate con tiento; vigila a quién confías tus ideas. No basta con ser inteligente; también debes ser prudente y, sobre todo, ¡no olvides nunca que hay millones de oídos en las paredes del castillo!

Ha hecho una pausa para recuperarse y nos ha mirado a los dos. Parece cansado y, cuando habla, tiene que detenerse para tomar aliento. En uno de los silencios ha asomado la cabeza la mujer que nos había abierto la puerta y le ha dado a beber un líquido marrón que dice que es agua. Se ha excusado por no poder ofrecernos a nosotros, y ha añadido que los pozos que abrevan aquella parte de la ciudad traen malos espíritus.

Su excelencia ha retomado la conversación:

—Me habéis descrito dos caras del emperador. Pero aún hay otra, y es justamente la que pedía consejo a Tycho Brahe.

»Es cierto que el emperador se crió en la corte más rígida e intolerante de Europa, pero, por algún motivo, eligió ser tolerante. Tal vez fue su interés por las ciencias y las artes lo que le hizo respetar las creencias de los demás, pues si te quieres rodear de artistas que vienen de lugares diversos y tienen costumbres diferentes..., si quieres ser su protector, debes aprender a aceptar sus diferencias. O quizá esté en su naturaleza, no sabría decirlo.

»Pero, gracias a esta aceptación, Rodolfo ha convertido Praga y Bohemia en una isla de tolerancia en la que pueden convivir en paz gentes de doctrinas y religiones diversas que en otros lugares del Imperio se verían enfrentadas.

Un pensamiento rápido ha cruzado por mi mente. Así como el maestro Tycho tuvo su isla, disfrutó de la paz y la tranquilidad que Hven le ofrecía, también Kepler tiene la suya. La de Kepler está en medio del continente, y en ella tiene libertad para dedicarse a la búsqueda del conocimiento sin necesidad de renunciar a su luteranismo, sin tener que dejar de ser él mismo.

–Pero no todos están contentos con ese proceder del emperador. Hay quien lo considera un signo de debilidad –ha intervenido el alquimista.

–De debilidad y de peligro –ha refrendado el príncipe–. No corren buenos tiempos para la comprensión y la tolerancia, cuando el aire que nos rodea es de radicalización y extremismo.

»Hay quien querría iniciar persecuciones religiosas para evitar que los protestantes se hagan con el poder, sobre todo durante los episodios de enfermedad del emperador, cuando el gobierno está en manos de los cortesanos. Les gustaría radicalizar el catolicismo del emperador y crear enemistad entre la población de Bohemia, que no es más que lo que ocurre en el resto del Imperio.

–¿Y cuáles serían las consecuencias de esa radicalización? –le he preguntado.

–Al principio, apenas se notarían, ocultas bajo la aparente solidez del Estado, como cuando un gusano entra en una manzana madura y lo único que vemos es la belleza del fruto. Pero, poco a poco, se iría abriendo camino el recelo hacia el vecino que tiene creencias distintas a las tuyas, seguiría creciendo hacia la desconfianza, luego hacia el desprecio, y llegaría al odio y al enfrentamiento. Y, al final, cuando el gusano llegase al corazón de la manzana, cuando esta ya estuviese podrida, no quedaría nada. Tal y como observo que ocurre en otras provincias, cómo se suceden las expulsiones de ciudadanos y cómo se persigue y se ejecuta a cualquiera que parezca diferente, temo que nos estamos acercando al estado de sinrazón que presagia el estallido de las guerras.

–Yo diría que en Praga el gusano ya ha invadido la manzana y que se está abriendo camino hacia su corazón –ha intervenido el alquimista.

El príncipe, con gesto preocupado, ha asentido.

–Me consta que facciones católicas moderadas contactaron con tu maestro para que influyese en el emperador. Querían que le aconsejase que nombrara sucesor a su segundo hermano, un moderado como ellos, en vez de al sucesor natural, su hermano Matías, a quien consideraban un radical ferozmente opuesto a los protestantes. Tycho tenía en sus manos asegurar que Bohemia siguiera siendo una isla de paz y convivencia –después de una ligera pausa, el príncipe ha seguido–: Tenía malas cartas.

–Quizá fue ese el motivo de su muerte –he pensado en voz alta.

–Si buscamos motivos, probablemente no encontraremos ninguno tan poderoso como ese –ha añadido el alquimista.

–Pero, incluso así, a pesar de que Tycho se vio envuelto en intrigas y traiciones en la corte, yo os digo que no fue asesinado –ha anunciado el príncipe de forma sorprendente.

–No digo que no existiese la intención de hacerlo –ha continuado, alzando una de aquellas cadavéricas manos, como si quisiera impedir nuestras preguntas–. Que, quizá, incluso, se hubiera puesto fecha. Pero si ese era el caso, Tycho Brahe murió antes.

–¿Y cómo podéis estar tan seguro? –ha sido la pregunta del alquimista.

El príncipe ha respondido en un tono que evidenciaba su poder:

–Porque, si alguien en Praga hubiera matado a Tycho Brahe, yo me habría enterado.

No he podido evitar hacer un movimiento nervioso ante la autoridad con que ha pronunciado esas palabras, y he tenido la certeza de que, a pesar de su aspecto enfermizo y terminal, me encuentro delante de alguien que, con su voluntad y poder, puede cambiar el destino de naciones y el curso de la historia.

–Si quieres hallar las razones de la muerte de tu maestro, tal vez deberías mirar hacia Dinamarca –me ha dicho el príncipe, mostrando de nuevo su aspecto benigno y cansado.

Y, de pronto, motivada por sus palabras, he obedecido a una corazonada y me he sacado del bolsillo la carta de la señora Sophia. La he puesto encima de la mesa.

Mientras les he explicado por qué había contactado con ella y cuál era el asunto que le había consultado, el alquimista ha cogido la carta, descuidadamente. Con permiso del príncipe, le he invitado a leerla en voz alta y le he advertido que podía saltarse el primer párrafo, en el que la señora Sophia me saludaba y me ponía al corriente de los asuntos de su casa.

En el segundo párrafo la señora Sophia respondía a mi pregunta. Empezaba con evasivas, alegando que ella prácticamente lo había olvidado, que no era necesario removerlo, que no tenía sentido buscar motivos, sino que había que pensar en el bienestar de sus sobrinos, los hijos del maestro Tycho, y no en el pasado, aunque este hubiera sido injusto. Pero, poco a poco, con la respuesta clara y precisa de alguien habituado a escribir cartas, desglosaba las razones de esta injusticia. Y, aunque en un principio exponía la opinión más generalizada, los argumentos oficiales que justificaban la caída del maestro Tycho ante el rey Cristiano, luego ha ido aventurando su opinión y expresando conjeturas que han despertado el interés del príncipe, como he podido apreciar por su cambio de expresión.

Según la señora Sophia, era la envidia lo que había hecho caer en desgracia a su hermano. Admitía que él había sido negligente con sus deberes, que no se preocupaba por los feudos que se le habían concedido junto a la isla de Hven y que había actuado de forma irresponsable cuando había ignorado las advertencias del rey para que se ocupase de las reparaciones. Eran acusaciones graves, pero ella no creía que tales circunstancias pudieran provocar la ira del rey hasta el punto de llevarlo a desdeñar al más preciado de sus súbditos. Según ella, las maquinaciones y conjuras provocadas por los celos habían intoxicado la mente del soberano. Y, a continuación, enumeraba a personas que podían haber tenido envidia de la fama y el poder del maestro: los médicos, que veían cómo la gente visitaba al «sabio» de Hven, que les daba medicinas y ungüentos milagrosos; los cortesanos, que se quejaban por no disponer de los favores especiales de que disfrutaba Tycho Brahe; y otros intelectuales y hombres de ciencia daneses, que veían con desesperación cómo Uraniborg gozaba de recursos casi ilimitados y atraía a un gran número de estudiantes, en detrimento de la universidad de Copenhague.

–Goza de poder y orgullo, y te saldrán enemigos de debajo de las piedras –ha dicho el alquimista al terminar de leer la carta.

El príncipe se ha dirigido a mí:

–Sophia Brahe hace un excelente recuento de las posibles razones por las cuales tu maestro perdió el favor del rey. Lamentablemente, no te da ningún nombre. Supongo que tú no sospechas de nadie en particular, ¿no es así?

He negado con la cabeza mientras pronuncio un tímido «no, señor». No he podido evitar, sin embargo, que me venga a la mente la imagen de Erik Brahe.

Cuando hemos dado la conversación por terminada, el príncipe y yo nos hemos quedado a solas. El alquimista ha ido a guardar las sillas y a hablar con la mujer que cuida de la casa. Su excelencia me observa desde su silla, los ojos fijos en mi rostro, estudiando con expresión divertida mi turbación. Yo, de pie, juego con la carta que tengo en las manos, incómoda y sin saber muy bien dónde mirar. De pronto, el príncipe me ha hecho una pregunta que, por inesperada, me ha sorprendido absolutamente.

–¿Por qué has vuelto a Praga? –mi cara debe de mostrar la confusión que me ha producido la pregunta. El príncipe ha seguido sin esperar respuesta–. Hiciste bien en irte cuando murió tu maestro. Pero no deberías haber vuelto.

–Me sugirió que me fuese... –he logrado decir finalmente con voz entrecortada. El príncipe ha sobrentendido que me refería al alquimista.

–Ya lo sé. Lo hizo contra su voluntad, pero siguió mi consejo.

Me he sentido aliviada al saber que el alquimista actuó a instancias del príncipe. Pero seguía sin entender la razón, y así se lo he transmitido.

–Pero, ¿por qué? ¿Por qué motivo me queríais lejos de Praga?

–Por tu propio bien.

–Disculpadme, excelencia, pero no veo sentido a vuestras palabras –he dicho enojada–. Si queréis prevenirme o avisarme de algo, hablad sin reservas, os lo ruego.

El príncipe, sin dejar el misterio y la reserva, me ha respondido con una pregunta.

–¿Cuántos años viviste en casa de Tycho Brahe?

–Catorce años, señor. Me acogió en su casa cuando yo era un bebé.

–¿Y dónde estaban tus padres? –me ha preguntado, aunque parece conocer la respuesta.

–No llegué a conocerlos.

–Pues ahí tienes dos poderosas razones para abandonar la ciudad.

En algún rincón lejano de mi mente he empezado a concebir o a intuir el sentido de estas palabras. Con todo, he seguido instándole a hablar con más claridad.

–Señor, no logro entender la relación entre el hecho de tener padres o no y mi marcha de Praga.

–¡Criatura! ¿No ves que corres peligro?

–Excelencia, si existe la posibilidad de que me ocurra algún mal, querría saberlo. Es la única manera de hacerle frente.

Quizá por la determinación de mi tono de voz, o quizá porque ya está cansado de jugar a las adivinanzas y a las sutilezas, finalmente se ha sincerado. Y aunque es lo que yo deseo, la brutalidad de sus palabras me ha helado la sangre.

–¿Sabes qué les hacen a las brujas?

Sin querer, he cerrado los ojos y he sentido escalofríos recorriendo mi cuerpo. Imágenes de los campesinos de

Hven haciendo estrellas de cinco puntas han pasado por mi mente, mezclándose con el recuerdo de la amargura, de las lágrimas vertidas y con un incipiente sentimiento de rebeldía ante la injusticia.

Cuando he logrado hablar, lo he hecho con un hilo de voz.

–Yo no he practicado nunca la magia negra ni he tenido trato alguno con el demonio.

–¿Y crees que la gente a la que queman en hogueras en medio de las plazas ha hablado alguna vez con Satanás? –el príncipe ha levantado la voz–. Solo hacen falta algunos años de malas cosechas para que se señale a alguien, y el chivo expiatorio será acusado de volver estéril la tierra, de conjurar las tormentas y el granizo para destruir los frutos, y una vez torturado, dirá lo que quieren que diga, que es hijo del diablo, si es necesario, y que él le ha transmitido sus poderes. Así perderemos a otro inocente consumido por la voracidad de las llamas y la mezquindad de la gente.

»Vivimos tiempos difíciles –ha continuado–, tiempos de traiciones y de cambios radicales. Pueblos enteros se ven obligados, por decreto, a abrazar una religión que no es la suya, y esta situación genera odio y resentimiento. No hay nada más fácil para quitarse de encima a los enemigos que acusarlos de practicar la brujería.

–Pero la situación que describís no debe de darse solo en Praga –me he atrevido a replicar, aún con un hilo de voz–. De hecho, he oído hablar de persecuciones en otras provincias del Imperio que no han tenido la más mínima repercusión ni en esta ciudad ni en el resto de Bohemia.

–Tienes razón. Como decíamos antes, la situación de Bohemia es única gracias al carácter tolerante del emperador. Pero también sabemos que eso está cambiando, y no faltan muchos años para que los altercados y la destrucción lleguen también a esta parte del Imperio.

»Sea como fuere, en tu caso, no es Praga en concreto lo que entraña el peligro: es tu propia persona.

–¡Pero mi propia persona vendrá conmigo donde quiera que yo vaya! –me he quejado, un poco combativa–. Entonces, decidme: ¿cuál es el motivo de abandonar Praga?

El príncipe me ha dirigido una mirada de cariño. Se le ve satisfecho con mis respuestas, pero, al tiempo, muy seguro y convencido de llevar las riendas de la conversación.

–La razón es que aquí en Praga la gente te conoce. Amigos y enemigos saben quién fue tu maestro, saben que dominas el arte de la curación y, por lo tanto, también el de hacer enfermar, y tu maestro murió en lo que algunos consideran extrañas circunstancias...

–¡Yo no tuve nada que ver con su muerte!

–Ya lo sé. Sé que no tuviste nada que ver. ¡No soy yo quien te acusa! –ha dicho incorporándose con dificultad de la silla y andando hacia mí.

–Solo quiero convencerte de lo difícil de tu situación –ha seguido, cogiéndome suavemente la mano–. Los enemigos de Tycho Brahe no lo fueron solamente de su persona, eran también enemigos de aquello que él representaba. Tú eres heredera de su legado. Él te enseñó a desentrañar los secretos de la naturaleza y a manipularlos, y eso te convierte en presa fácil para quien quiera acusarte de brujería.

»Vete lo más lejos que puedas, donde nadie conozca tus orígenes ni tu pasado. No es necesario que te esfuerces en demostrar la verdadera razón de la muerte de tu maestro. Aunque dieras con ella, nadie te creería y la investigación solo te granjeará más enemigos, enemigos poderosos que procurarán tu destrucción.

El crujir de la madera cerca de la puerta ha anunciado la llegada del alquimista a la habitación. Cuando ha entrado, yo todavía no he logrado atemperar mi ánimo; siento en el rostro la desazón provocada por el discurso del príncipe y en el cuerpo, la tensión, efecto de la conversación. El alquimista se habrá dado cuenta, porque ha arqueado la ceja izquierda y nos ha mirado, primero a mí y luego al príncipe, con aire inquisitivo. Pero ninguno de los dos le ha explicado nada.

Es el momento de irse. Con una reverencia me he despedido del príncipe, quien me ha retenido con firmeza la mano mientras me ha mirado fijamente a los ojos y ha repetido sus advertencias, ahora usando la mirada.

He esperado al alquimista junto a la puerta de entrada y allí, observando la madera carcomida y el estado desolado de la casa, y oyendo de lejos el rumor de sus voces, me he preguntado si para ellos cada despedida sería definitiva, dada la precaria salud del príncipe.

El príncipe ha acompañado al alquimista hasta la puerta. Tras andar unos pasos, me he girado para darle un último adiós. He sofocado un grito de espanto cuando he visto que la sonrisa ha huido de su rostro, que sus ojos están vacíos y que su aspecto es amorfo, como el de los demás habitantes del barrio.

El alquimista y yo no nos hemos dicho nada mientras caminábamos por las calles cercanas a la casa del príncipe. Nada ha cambiado desde hacía algo más de dos horas, cuando hicimos el camino de ida. Se diría que las caras son las mismas, las mismas expresiones y los mismos cuerpos; sin guadaña ni calavera, pero representando la muerte en toda su crudeza.

Finalmente, al franquear la puerta de la muralla, me he relajado. Ya en la ciudad, por calles conocidas y entre gente que ríe y se queja, que regatea como si le fuese la vida en ello por ahorrarse unos táleros, me ha vuelto el calor a las sienes y el color a las mejillas. Y he recuperado el coraje para enfrentarme al alquimista.

–Vuestro amigo, el príncipe, me ha explicado el motivo por el que me aconsejasteis que me fuera de Praga.

–¿Ah, sí? –ha dicho, con aparente indiferencia.

Hemos seguido la marcha en silencio. Yo deseo que repita las advertencias que me ha hecho el príncipe, que se justifique por no haberme dado explicaciones cuando se las pedí, que alegue que él no podía hacerlo porque el príncipe se lo había dicho como confidencia; no sé exactamente qué espero. Quizá tan solo alguna muestra de interés o, incluso, de preocupación. Pero sigue avanzando con la vista al frente, como si tuviera la cabeza muy lejos de allí y no advirtiese mi presencia.

De pronto, llegando a la plaza del Ungelt –nunca olvidaré el sitio exacto–, el alquimista se ha detenido y se ha girado hacia mí. Con el rostro grave y los ojos brillantes me ha hecho una insinuación que, probablemente, sea lo más parecido a una declaración de amor que jamás oiga de sus labios. Y curiosamente, para hacerlo, ha cogido prestado un verso del Paraíso de Dante.

–A mí, el príncipe me ha aconsejado que no os deje perder. Y me ha advertido que debo amaros sin reservas, que debo dároslo todo. Porque merecéis la pasión más intensa: el amor capaz de mover el Sol y las demás estrellas.

No sé si espera que yo le haga algún comentario, algún gesto. No le he dicho nada. Quizá porque no sé qué decirle... o a saber por qué. Me he girado y he seguido andando, en silencio. Y nos hemos separado donde nos hemos encontrado, en los muros de la torre del reloj. Solamente con un adiós.

No sé qué puerta habré cerrado con mi silencio. ¿Quién puede medir el alcance de las ocasiones perdidas? Pero ahora no quiero ni puedo pensar en ello. Solo soy capaz de recordar los ojos del alquimista cuando me hablaba de amor.

Domingo, 24 de octubre de 1604 (continuación) Collegium Vencezlavi, Praga

La oscuridad ha vuelto a apoderarse de la ciudad. Las nubes de plomo la han sepultado y a lo lejos oigo el rumor de un trueno que anuncia tormenta. O puede que sea el chirriar de las puertas del Hades, que se abren de par en par para dar la bienvenida a Jepp.

He estado con él durante sus últimas horas. He cogido su mano y he ido notando que la fuerte presión se iba debilitando, hasta que no ha quedado ninguna fuerza contrarrestando la mía. Ha inspirado pesadamente y ha lanzado su última profecía:

–Ha sido vengado.

Después de estas palabras, su rostro ha mostrado la paz y la serenidad que acompañan el fin del sufrimiento.

El bufón ha muerto tras hacer un último intento por sonreír.

Capítulo 9. *Inventus*
Martes, 26 de octubre de 1604
Collegium Vencezlavi, Praga

Hoy hemos dado sepultura a Jepp. Le hemos dicho adiós de forma silenciosa, tranquila y discreta, como fueron sus últimos años en este mundo. Tan solo Kepler, la señora Barbara, Regina y yo formábamos la comitiva, y escuchábamos el sermón del capellán mientras tratábamos de refugiarnos bajo los árboles para protegernos de una lluvia que, desde hacía dos días, caía con fuerza. Y mientras veía cómo cubrían de tierra el ataúd, sus últimas palabras resonaban en mi cabeza, una y otra vez, al ritmo de las paladas: «Ha sido vengado».

¿Qué había intentado decirme? Supongo que se refería al maestro Tycho, pero, ¿quién lo había vengado? ¿El propio Jepp? ¿Y cómo se las había arreglado, si desde que llegamos a la casa de Kepler no se había movido de su cuarto? Demasiadas conjeturas, demasiadas preguntas para las que no hallaré respuesta. No sé por qué doy tanta importancia a esto, cuando hace ya tiempo decidí que lo que decía el bufón era un desatino carente de sentido. Quizá me inquieta porque no tengo otra cosa en qué pensar.

Hemos llegado a la casa empapados y, después de cambiarnos de ropa, los cuatro nos hemos reunido en torno al fuego del hogar. Raramente coincidimos todos en la misma estancia; lo normal es reunirnos solo en la mesa, a la hora de almorzar, pero hoy la compañía es especialmente de agradecer. Y es que la soledad es demasiado dura en una casa que acaba de visitar la muerte.

Mientras Kepler y Regina leen, y la señora Barbara teje unos pañales para el bebé que espera, yo me he puesto a repasar mi lista de hechos y comportamientos extraños que rodeaban la muerte del maestro. Por lo menos, debo admitir que he seguido de forma bastante estricta el plan trazado hace unos días, cuando fui a visitar su tumba. Lamentablemente, me encuentro en el mismo punto que aquel día, sin respuesta alguna.

Dos de las personas a las que he considerado como más sospechosas, Kepler y el alquimista, ha dicho de forma taxativa que ellos no tienen nada que ver con la muerte del maestro Tycho. Y, de momento, yo los creo. De igual forma, con la visita a la casa del príncipe, ha quedado claro que nadie en Praga llevó las conjuras hasta el extremo de atentar contra la vida del maestro. Así lo dijo el príncipe, y también lo creo. Y por la carta de la señora Sophia, parece que sí, que el maestro Tycho se granjeó no pocos enemigos en Dinamarca. Pero, ¿alguien había venido a Praga para matarlo? Yo diría que no. Él había roto los vínculos con Dinamarca, y los celos y la envidia se habrían calmado con su partida.

Es decir: o hago caso con demasiada facilidad a quienes claman su inocencia, o la suposición de que el maestro Tycho murió envenenado no tiene fundamento alguno. Ni los enemigos de Praga ni los de Dinamarca sirven para explicar su muerte. Quizá sí, después de todo, no lo mató nadie y solo fue culpa de la vejiga.

Supongo que, además de crédula, debería llamarme obstinada, porque, aunque parezca lo más lógico, no me convence en absoluto lo que acabo de escribir. Probablemente es por la falta de resultados; si abandono la búsqueda será por la ausencia de pruebas, no porque haya demostrado algo. Es mucho más fácil dar por zanjado un problema cuando se ha llegado a una solución, incluso si no es la que uno esperaba en principio. Y no, no puedo inventarme el desenlace. No puedo endosarle la culpa al conde Erik Brahe basándome en argumentos tan pobres como que no me gustan su aspecto ni su comportamiento.

Tal vez debería hacer caso del consejo del príncipe, dejando correr una investigación que, en su opinión, nadie va a apreciar porque nadie va a creerme. Pero no es eso lo que realmente me preocupa ahora; ya no pretendo que me crean, solo quiero saber. Digamos que siento curiosidad.

Supongo que las ganas de saber son inherentes a la naturaleza humana. De hecho, ha sido la búsqueda del conocimiento lo que ha guiado al maestro Tycho y ahora guía a Kepler. El afán de desentrañar los secretos de la naturaleza y el universo, de entenderlos y de poder explicarlos.

Quizá sea eso lo que debo hacer: seguir su método. Quién sabe si, poniendo en práctica las enseñanzas del maestro y también, por qué no, recordando lo que me dijo Longomontano sobre los procedimientos de Kepler, conseguiré ver la luz... Probablemente, en realidad solo hay un camino para acceder al conocimiento, ya sea de los grandes misterios del cosmos, ya sea de las pequeñas intrigas cotidianas. Y puede que solo siguiendo ese camino llegue a conocer la verdad o, cuando menos, a descartar las mentiras.

Con este pensamiento, enseguida convertido en determinación, he sentido renacer la esperanza y he abandonado la sala como una exhalación, lo que ha sobresaltado a la señora Barbara.

He llegado al cuarto de los remedios y, sin perder un instante, me he puesto a trabajar. He cogido un papel que había encima de la mesa, en el que estaba escrita la receta para combatir el mal de piedra, y en un trozo que quedaba en blanco he puesto lo que me ha venido a la cabeza. Hasta el momento –y diría que sin proponérmelo– he seguido un plan muy ajustado a las enseñanzas del maestro Tycho: he identificado el problema –las causas de su muerte–, he deliberado la forma de resolverlo –el plan improvisado junto al sepulcro– y, finalmente, he actuado para intentar desentrañar el misterio –las entrevistas a Kepler y al alquimista, la carta de la señora Sophia y la visita al príncipe.

«De momento, vamos bien», me he dicho, animada al ver mis anotaciones.

Veamos, ¿qué me había dicho Longomontano sobre el método de Kepler? ¿Qué era aquello que, por no ser una práctica común, le había causado tanta admiración? Estoy intentando recordarlo cuando ha acudido de golpe a mi memoria: Kepler había desechado la explicación de la trayectoria circular de Marte porque no se ajustaba a las observaciones del maestro Tycho; había una ligera diferencia entre ambos valores, el calculado y el observado, que no le permitía aceptarlo sin más. Con ello, gracias a la confianza otorgada a los valores estudiados, dio con la trayectoria real de Marte, la órbita elíptica.

¿Y de qué me sirve eso a mí? Pues puedo sacar alguna lección: para empezar, la importancia de hacer observaciones precisas y obtener datos rigurosos; en segundo lugar, la necesidad de partir de esos datos, en los hechos observados, y no dejarse llevar por ideas preconcebidas. No podemos cambiar los hechos para que se ajusten a nuestras propias teorías; hay que cambiar las teorías hasta que expliquen los hechos. Me gusta cómo me ha quedado la frase.

¿Puedo aplicarlo a mi problema? ¿De qué observaciones dispongo? No muchas; de hecho, dudo de si tengo alguna. Hasta el momento solo me he basado en suposiciones, sospechas y conjeturas. Tal vez por eso aún no he logrado nada.

Está lo de las flores... Sí, no me olvido. Las flores al pie del sepulcro del maestro. De hecho, había vuelto otros días a la iglesia de Nuestra Señora para comprobar que no hubieran hecho nuevas ofrendas. Y no, no había encontrado más. Pero, aparte de eso, con las flores no he hecho nada. Únicamente, de vez en cuando, destapaba el frasco donde las guardaba para recordar el aroma que exhalaban, el de la isla de Hven.

Me he acercado al estante donde las guardo, junto a la manzanilla y a las flores de diente de león, y he cogido el frasco para observar detenidamente su contenido. Conservan el aspecto del día en que las encontré, nada ha marchitado su diminuta belleza y el aroma permanece con la misma intensidad. Quienquiera que las haya preservado, lo ha hecho a conciencia.

Pero, ¿por qué razón alguien querría conservarlas? ¿Lo había hecho con la intención de ponerlas en la tumba del maestro Tycho o por algún otro motivo? He querido suponer que se trata de una ofrenda y que, si alguien las había traído desde la costa de Hven, se había asegurado de que llegasen en buenas condiciones a Praga. Pero, ¿quién las había traído? ¿Y por qué? Tal vez había sido Longomontano. Él venía de Dinamarca, aunque, antes de llegar a Praga, había pasado por otras ciudades de Europa. ¿Se habría acercado hasta Hven antes de emprender el viaje para coger las flores? Lo dudo: es un gesto romántico que no encaja con mi amigo, siempre austero y serio... Pero ya vuelvo a hacer conjeturas, cuando me he propuesto basarme en los hechos.

Pues he aquí un hecho: el día que encontré las flores en la tumba era un lunes. Longomontano se había ido dos días antes. Si las flores llevaban allí más de dos días, alguien debía de haberlas visto, pero el hombre que se ocupa de la iglesia dijo que era la primera noticia que tenía de la existencia de aquellas flores. Esto podría ser una prueba de que acababan de dejarlas cuando yo las encontré. No es algo concluyente, pero diría que aquel hombre no era capaz de ver nada.

No obstante, se me ocurre un argumento mejor. Si yo fui un lunes, el día anterior era domingo. El día de oración. La iglesia de Nuestra Señora es de las más populares en Praga y, en consecuencia, una de las más concurridas para oír misa. No para nosotros, pues los Kepler prefieren ir a otra iglesia, la de la Sagrada Trinidad y, por lo tanto, no se cuentan entre los feligreses de Nuestra Señora. Es previsible que aquel domingo, como cualquier otro, la iglesia acogiera a muchos ciudadanos de Praga, a familias enteras, vestidas de punta en blanco, que irían dispuestas a celebrar la liturgia festiva. Habría mujeres que avanzarían por los pasillos saludando a diestro y siniestro –hay tantas caras conocidas en las celebraciones del domingo–, mientras que con los pliegues de sus vestidos, largos y oscuros, según la moda del momento, irían limpiado el suelo del templo. Los hombres, con paso firme, caminarían detrás de ellas, pisando con fuerza mientras azuzaban a sus hijos para que los siguiesen, riñéndolos, tratando de que no practicasen el hábito –tan propio de los más pequeños– de coger cosas del suelo.

Con todo, las flores que yo encontré estaban inmaculadas. Nadie había pasado por encima de ellas o junto a ellas, ni las había pisado, barrido o cogido. Por el contrario, estaban muy bien dispuestas, en grupo, depositadas por una mano delicada que se había preocupado por su apariencia. Quien las hubiera puesto, no lo había hecho antes del domingo; lo había hecho por la noche o durante las primeras horas de aquel lunes. Eso descarta a Longomontano y, lo más importante, acota bastante el tiempo.

Satisfecha con el avance de mis deducciones, he pasado a observar las flores. Pequeñas y amarillas, como tantas otras que se encuentran en los prados y márgenes; ningún rasgo las destaca, excepto su olor. Exhalan un perfume en el que se conjugan la furia del mar en días de tormenta con la aspereza de las rocas y el grito aéreo de las gaviotas. O quizá todo esto se conjuga en mi mente.

Ignoro su nombre y no las he usado nunca en ninguna de mis recetas. Recuerdo que hace años, un día que paseábamos con la señora Sophia por las costas cogiendo hierbas curativas, ella me dijo que dejase aquellas flores amarillas, que eran plantas de roquedal sin poder medicinal alguno. Unas flores insignificantes que, a pesar de todo, han viajado de Hven a Praga. Pero, ¿puedo asegurar que fue de Hven de donde zarparon?

No, no puedo saberlo. Que naciesen en la isla no significa que sean autóctonas de allí. Tal vez podría encontrarlas en otros lugares de clima semejante, en cualquier acantilado soleado y bañado por las aguas del Báltico. Quizá debería centrarme en viajeros que, por aquellas fechas, hubieran llegado procedentes de las costas bálticas. Bueno, tengo uno muy cercano: yo misma.

Yo no las había cogido, de eso no cabe duda. Ni siquiera las había visto por aquellas costas, aunque debo confesar que durante el tiempo que pasé allí, en casa de la señora Sophia, nunca me acerqué al mar. Pero que yo no las haya traído no significa que no hubieran hecho el camino conmigo. Porque no vine sola: viajé con el bufón.

Jepp, quien me dijo que el alma del maestro Tycho quería regresar a Hven. Sentía un amor tan grande por el maestro —casi diría que dependencia—, que empezó a morir el día en que el maestro lo hizo. El bufón pasó tantos años en Hven que, con toda seguridad, conocía su geografía, su vegetación y sus olores con la misma precisión con la que conocía su cuerpo. Sí, desde luego, él poseía el conocimiento y la sensibilidad suficientes como para haber cogido las flores, secarlas con cuidado y llevarlas encima hasta el momento de depositarlas en la tumba del maestro.

Pero, ¿de veras lo había hecho? Me gustaría tener pruebas de ello. Porque si fue él quien se acercó hasta la iglesia de Nuestra Señora para dejar las flores, eso significa que no era tan inválido como nos había hecho creer.

De nada me sirve preguntar al resto de habitantes de la casa si alguien había visto salir a Jepp, pues aquella noche y madrugada, y hasta bien entrado el día, hubo un enorme revuelo en el edificio. Todo eran entradas y salidas y, sin duda, el enano tuvo ocasión de escabullirse y pasar desapercibido. Nadie lo veía, ya que nadie vigilaba las puertas ni miraba a la calle. Todos tenían la vista puesta en el cielo, pues aquella fue la noche en la que Kepler, desde el tejado, con sus amigos y colaboradores, había observado y registrado la aparición de la nueva estrella.

Jepp pudo haberme convencido de que estaba peor de lo que realmente estaba. Pudo haber falseado –o quizá exagerado– su invalidez y apoyarse en mí durante todo el viaje a Praga para acentuar aquella fingida discapacidad. No obstante, no me cabe duda alguna de que se trataba de un hombre desvalido y delicado, y de que su cuerpo reflejaba laxitud e inanición. Para llegar a la iglesia, para reclinarse y, sobre todo, para incorporarse de nuevo, tenía que haber realizado un sobreesfuerzo que lo habría llevado a la extenuación. Tal vez fuera este el motivo de las fiebres que le sobrevinieron al cabo de dos días.

Así que, si nos había engañado con su invalidez, ¿con qué más lo habría hecho? No puedo dejar de pensar en ello, de dar vueltas a esta nueva línea de investigación. Y en ese momento, por fin, ha caído el velo que cubría mis ojos y he empezado a verlo todo claro.

Martes, 26 de octubre de 1604 (continuación) Collegium Vencezlavi, Praga

He bajado corriendo a buscar a Regina, que me ha seguido hasta la habitación de Jepp. Me está acribillando a preguntas y no entiende el motivo de mi agitación. Al llegar, he contemplado la expresión de sorpresa de su rostro mientras he hecho recuento de las deducciones a las que he llegado.

He empezado por contarle el episodio de las flores, con el comentario de Jepp y mis ideas al respecto, y he terminado con la escalofriante sospecha que ha crecido en mi interior: Jepp había matado al maestro Tycho.

Una vez nacida en mí la desconfianza, ha sido muy sencillo alimentarla con deducciones y evidencias. Imágenes y recuerdos que otorgan la culpabilidad al bufón se han ido sucediendo en mi cabeza, y me pregunto cómo he podido estar tan ciega. Ahora, atando cabos, todo empieza a encajar. Desde la patética desesperación con que había encajado la enfermedad y la muerte del maestro, que en su momento interpreté como muestra de amor, pero que ahora veo como el arrepentimiento del verdugo; hasta la tranquila y plácida expresión de su rostro, la liberación que acompaña a la redención, mientras pronunciaba sus últimas palabras. La muerte de Jepp vengaba la del maestro Tycho. Se había hecho justicia.

Y, de repente, rescatándolo del fondo de mi memoria, he encontrado el recuerdo del día en que enfermó el maestro Tycho y, en particular, la imagen de Jepp avanzando hacia la sala, con el disfraz de bufón, momentos antes de que yo tuviera la impresión de que alguien había entrado en el cuarto de los remedios. ¿Había sido Jepp ese alguien? Nunca lo sabré, pero sí recuerdo una sensación de extrañeza al verlo venir desde la escalera, del lugar donde estaba el cuarto, cuando su habitación se encontraba en el otro extremo del palacio.

–¡Si tan solo encontrara un indicio que confirmase mi sospecha...! –he exclamado.

Regina ha asentido y ha empezado a revolver los pocos chismes que hay en el cuarto del bufón.

Como manda la costumbre, nadie ha tocado nada de la habitación. Deben pasar siete días, desde el de la muerte, para poder airearla y limpiarla. Nosotras, sin embargo, hemos sido irreverentes con la tradición y hemos empezado por abrir las ventanas de par en par para ahuyentar el hedor a sufrimiento que sigue cautivo entre las paredes del cuarto.

No sé qué pretendo encontrar. En el fondo espero que Jepp haya dejado escrito algo parecido a una confesión, o tal vez un frasco donde aún queden restos de las flores que dejó en la tumba. Lo que desde luego no esperaba es lo que hemos encontrado.

Está dentro de su disfraz de bufón, envuelto con la tela roja y amarilla, y protegido por el gorro de tres puntas. Lo ha encontrado Regina en el fondo de un baúl, por lo demás, vacío. Es un legajo de papeles, arrugados y maltrechos, escritos en una lengua desconocida para mí, pero con anotaciones en danés en los márgenes escritas por la mano de Jepp. Las páginas son discontinuas y parecen fragmentos de una obra teatral. En algunas se puede leer el acto y el número de la escena descrita. En uno de los papeles aparece el título de la obra, *Hamlet, el príncipe de Dinamarca*, y he recordado que esta es la tragedia que recitaban los acreedores establecidos en casa de la señora Sophia, los que querían ridiculizarnos a causa de nuestros orígenes. Quizá fueron esos hombres quienes dieron los papeles a Jepp, o puede que él se los cogiera. Lo más significativo del hallazgo, de todos modos, son los versos escogidos por Jepp, los que había transcrito, unas frases que parecen inconexas, pero que leídas conjuntamente representan mucho más que una confesión: son el reflejo de su pensamiento, de la desgracia y de sus temores. A continuación dejo escritos los apuntes más dolorosos. Que el cielo lo perdone.

Siguiendo el orden de sus anotaciones, parece que al principio se felicitaba por el modo en que había de llevar a cabo la traición: «Pensamientos negros, manos capacitadas, veneno eficiente, tiempo adecuado». Acto seguido, sin embargo, parecían venirle remordimientos y tal vez veía en sueños a su víctima: «El asesinado, aunque no tenga lengua, sabe hablar con un órgano milagroso». Luego hablaba de su destino: «Que el cielo te libere. Yo te seguiré. Me estoy muriendo». Y al final llegaba la sobrecogedora confesión: «¿Qué plegaria puede serme útil? ¡Perdonad mi brutal asesinato!».

Se lo he traducido a Regina, que me ha mirado estupefacta. Al terminar me ha preguntado, con ojos húmedos y un hilo de voz:

–¿Por qué lo hizo? ¿Crees que quería echarle la culpa a mi padrastro?

Le he dicho que eso no lo sabremos nunca, pero que no creo que su locura tuviera nada que ver con Kepler. Aunque, mientras se lo digo, con una seguridad que realmente no siento, he recordado la risa de Jepp y su expresión de satisfacción cuando, escondido bajo uno de los bancos de la biblioteca, acababa de espiar la discusión entre Kepler y el maestro Tycho.

Miércoles, 27 de octubre de 1604
Collegium Vencezlavi, Praga

–¿Por qué lo hizo? –ha vuelto a preguntar Regina. Esta vez la pregunta va dirigida a Kepler, que, sentado con nosotras en torno a la mesa del comedor, presta atención al relato de las deducciones y hallazgos que nos han conducido hasta Jepp como culpable de la muerte del maestro.

–Eso no podremos saberlo nunca, Regina. El bufón se ha llevado consigo el secreto a la tumba –ha respondido Kepler, que nos ha escuchado con aspecto grave–. Suponemos motivos que nunca podrán probarse. ¿Quién puede entender los pensamientos de una mente enferma, de un corazón envenenado por la traición? Se me ocurren muchas razones que descarto de inmediato por descabelladas y absurdas. Pero, ¿quién sabe?

–Yo aventuraría el amor como posible causa –he dicho, mientras con la pluma en alto he abandonado por un momento la carta que estoy escribiendo a Longomontano–. Un amor enfermizo y destructor, más cercano a la dependencia que a la confianza y que, de tan intenso, no ve límites ni peligros y se convierte en letal.

–Es posible que no os alejéis del todo de la realidad con vuestro comentario –ha añadido Kepler–. Probablemente el bufón necesitaba la fuerza y la energía de Tycho para vivir, como también su triunfo y su gloria. Cuando la estrella de Tycho empezó a decaer, el enano sintió como propia su mala fortuna. Y tal vez pensó que su asesinato frenaría la caída, que la fama de Tycho resplandecería después de muerto, y que él podría seguir nutriéndose de esa fama. Pero no tuvo en cuenta que era un enano y no un gigante. Y que, en vez de crecer por el orgullo, el arrepentimiento y la amargura harían que su alma no cupiese en su pequeño cuerpo. Y así murió, consumido por la tristeza.

Jueves, 13 de enero de 1605
Collegium Vencezlavi, Praga

Han pasado meses desde la última vez que escribí, y ahora lo hago para despedirme. De Praga y de la vida tal y como la he conocido hasta ahora.

No me arrepiento de haber regresado. He estado bien este tiempo en casa de Kepler, con libertad suficiente para experimentar con medicinas y ungüentos nuevos entre las paredes de mi cuarto, y me he sentido útil, sobre todo este último mes, en que la casa se ha vuelto más ruidosa y más pequeña con el nacimiento del pequeño Friedrich Kepler. Los dejo felices: Kepler, exultante por sus progresos científicos, y la señora Barbara, aunque con su habitual melancolía, aliviada por haber dado un hijo sano y vigoroso a su marido.

No sé adónde iré, pero eso carece de importancia. Tal vez hacia el sur, donde el sol luce con más fuerza y las noches son claras y serenas. Me voy, siguiendo los consejos del príncipe, a algún lugar donde no tenga amigos ni conocidos, ambición ni esperanza alguna.

No he vuelto a ver al alquimista desde el día en que visitamos al príncipe. Le escribí hace tiempo para hablarle de Jepp, y me respondió con una nota breve en la que me felicitaba por haber dado con lo que buscaba. Solo eso.

Yo esperaba algo más. Pero no ha querido, o no ha sabido, o no ha podido dármelo. Probablemente ha sido por mi culpa, por guardar silencio cuando debía haber hablado. Pero ya no tiene sentido sufrir por las culpas. Acabo de mandarle otra carta anunciándole que mañana me voy de Praga. El sueño ha terminado, y es bien sabido que los sueños son siempre mejores que la realidad.

Lo que más me cuesta, mucho más que despedirme de las personas o de los lugares, es saber que no volveré a mi labor con las sustancias, que no volveré a contemplar los destellos luminosos que desprenden los viales ordenados con esmero sobre las estanterías y que no volveré a sentir la impaciencia apasionante que acompaña la espera de resultados en un nuevo experimento. He dado un último adiós a mi cuarto, en compañía de Regina, quien, a partir de mañana, será la encargada de preparar los remedios para los habitantes de la casa.

Cuando Regina se ha ido, he cogido unas tijeras y con calma, pero con infinita tristeza, me he ido cortando, mechón a mechón, mi cabellera. Con cada montón que cae se va parte de mi pasado. Al terminar, una nueva Nat ha emergido de la masa negra y espesa que cubre el suelo. Una Nat más valiente, más desafiante, pero mucho más desolada y vacía de esperanza.

Sábado, 15 de enero de 1605
Brno, camino de Italia

El carro viaja abarrotado. Llevamos un caballo delante y otro detrás, pero yo dudo de que los pobres animales tengan fuerza suficiente para mover esta caja con ruedas. Yo he llegado muy pronto y he podido sentarme en uno de los extremos, donde una pequeña abertura deja pasar un poco de aire. Desde este lugar he dicho adiós a Regina, mi única amiga, y la he visto irse, caminando lentamente sobre la nieve que cubre las calles de la ciudad, con la certeza de no volver a encontrarla nunca más.

Padres con criaturas, hombres jóvenes que, desafiando el frío, suben al techo del carro, mujeres que se resisten a abandonar a su gallina o a su oveja... Se diría que todo el mundo anhela irse de Praga, y que todos han escogido este día para hacerlo.

Al fin, cuando la impaciencia empieza a ser insoportable, los caballos han iniciado la marcha. Lo han hecho lentamente, relinchando y resoplando aire por los hocicos que humean. Mientras rodamos, he cerrado los ojos con fuerza para despedirme de Praga con el recuerdo de sus calles y rincones. Pero, de repente, el carro se ha detenido con una brusca sacudida y el carretero ha bajado para hablar con un desconocido. Dos tipos de rumores se han ido extendiendo entre los ocupantes de la caja: unos dicen que un oficial de la guardia del emperador no nos dejará abandonar la ciudad; los otros creen que se trata de un nuevo pasajero, dispuesto a pagar la exorbitante cantidad de táleros que le pide el carretero para dejarlo subir. No podría decir cuál de las dos opciones me resulta más desagradable, porque no creo que quepa ni una aguja aquí dentro. Pero, al poco, el carretero ha regresado, satisfecho, guardándose un fajo de táleros en el bolsillo del pantalón y, mientras yo maldigo el poder del dinero, la gente de la caja se ha ido echando a un lado para permitir la entrada al desconocido.

Yo he seguido mirando con obstinación por la abertura, cuando he oído a alguien dirigirse a mí. Y el corazón me ha dado un brinco de alegría al reconocer la voz que, con un deje burlón, me ha preguntado:

—¿Sería, quizá, mucha molestia si os pido que me hagáis un sitio?

Y con una gran sonrisa me he apresurado a dejarle sitio junto a mí. El alquimista se ha sentado, y con picardía y arqueando ligeramente la ceja izquierda, me ha acariciado suavemente los cabellos cortos.

Y al notar su delicada caricia he pensado que tal vez sí: la realidad puede estar a la altura de los sueños.

Epílogo: Algunos apuntes históricos

La precisión y la calidad de las observaciones de Tycho Brahe resultaron cruciales para el desarrollo de la astronomía moderna.

Johannes Kepler, gracias a las observaciones de Tycho Brahe, fue el primer científico que explicó el movimiento planetario y se convirtió en el fundador de la física celeste.

Fueron las leyes de Kepler, y no una manzana, lo que condujo a Isaac Newton a formular la teoría de la gravitación universal.

Los análisis de muestras del bigote de Tycho Brahe dieron una concentración de mercurio muy elevada, lo que seguramente causó su muerte. Se ha mencionado a Kepler y a Erik Brahe como posibles autores del envenenamiento, pero la opinión más común entre los historiadores es que se envenenó con su propia medicina.

Índice

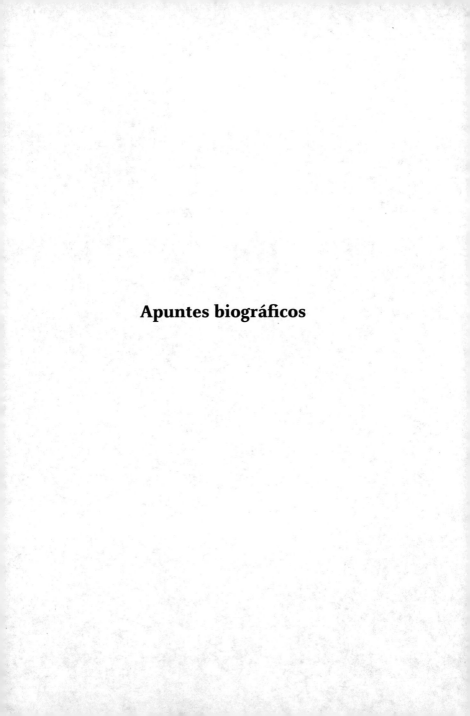

Apuntes biográficos

Tycho Brahe

Tycho Brahe nació en Dinamarca el 14 de diciembre de 1546. Era descendiente de dos de las familias más influyentes de reino. A pesar de que, debido a su linaje, estaba destinado a aprender leyes y a ser consejero del rey, el joven Tycho estudió astronomía a escondidas de su tutor, fascinado por una ciencia que podía prever los acontecimientos celestes, como eclipses o conjunciones de planetas, años antes de que se produjeran.

Se considera a Tycho Brahe como uno de los padres de la astronomía moderna, junto con Copérnico, Kepler, Galileo y Newton. Algunas de sus contribuciones más importantes son:

• El diseño de los instrumentos y los métodos que permitieron obtener las observaciones astronómicas más precisas y cuidadas antes de la invención del telescopio.

• El descubrimiento y el estudio de una estrella nueva –actualmente se sabe que se trataba de una supernova– y la demostración de que este nuevo astro se encontraba cerca de otras estrellas, lo que contradecía la opinión general sostenida desde Aristóteles, que el firmamento era perfecto e inalterable.

• La descripción de la posición del cometa que apareció el año 1577. Demostró que estaba situado más allá de la Luna y, en consecuencia, que no podía tratarse de un fenómeno atmosférico, como se creía hasta entonces.

No obstante, a pesar de su importancia en astronomía, Tycho también fue famoso por sus contribuciones en medicina y química, de modo que algunos de sus remedios se han utilizado hasta el siglo XIX. La ciencia que Tycho Brahe practicó y cuyas bases asentó, se basaba en formar a estudiantes y asistentes, utilizar las mejores herramientas para la investigación, el registro cuidadoso de los resultados, la divulgación de los descubrimientos y la búsqueda de financiación y mecenazgo. Estas prácticas, iniciadas en su observatorio de Uraniborg, han perdurado hasta la actualidad, y fundamentan la ciencia que se practica en universidades y centros de investigación.

Tycho fue una persona tenaz y obstinada, orgullosa e individualista, que rompió con la tradición y no aceptó más autoridad que la experiencia. Este comportamiento lo llevó a perder el favor del rey de Dinamarca, así como a sufrir la incomprensión y la censura de los otros nobles daneses, tanto por su dedicación a la ciencia, como por su matrimonio con una mujer que no pertenecía a la nobleza.

Vivió sus últimos años en Praga, donde se había trasladado con su familia bajo el patronazgo del emperador Rodolfo II. Allí murió el día 24 de octubre de 1601, víctima de una rápida enfermedad diagnosticada como uremia, quizá provocada por envenenamiento con metales pesados.

Johannes Kepler

Nació en la ciudad de Weil der Stadt (Alemania) el 27 de diciembre de 1571. Era hijo de un mercenario que abandonó a su familia cuando Johannes tenía cinco años, y una curandera que años más tarde sería acusada de brujería. Kepler fue un apasionado de la astronomía, probablemente desde que, a los seis años, observó el paso de un cometa. Fue un adolescente tímido y enfermizo, que padecía tanto enfermedades reales como imaginarias. Tuvo problemas de visión debido a las secuelas de la viruela que sufrió de niño y vivió atormentado por las burlas de sus compañeros debido a la reputación de su padre. A pesar de poseer una gran inteligencia y un enorme sentido de la obligación y la responsabilidad, era difícil seguir sus razonamientos, ya que no tenía una única línea de pensamiento, sino que saltaba de una cosa a otra.

De familia luterana, estudió en la universidad protestante de Tubinga, donde aprendió la teoría copernicana del sistema solar, que Kepler hizo suya y defendió de por vida. A los veintitrés años pasó a ser profesor de Matemáticas en Graz (Austria) y allí desarrolló un modelo geométrico de ordenación del sistema solar que, según él, explicaba el misterio del universo. Aunque este modelo no era correcto, la publicación de sus teorías supuso el reconocimiento de otros astrónomos y, de este modo, cuando fue expulsado de Austria en tiempos de la Contrarreforma, fue acogido por Tycho Brahe en Praga, a quien –a pesar de su tensa relación con él– sirvió de asistente y sucedió en el cargo de matemático imperial, encargado de hacer predicciones astrológicas para el emperador. Utilizando las observaciones astronómicas obtenidas por Brahe, y que Kepler ansiaba para poder probar su modelo geométrico del universo, enunció las leyes que gobiernan el movimiento de los planetas, conocidas actualmente como leyes de Kepler, unos principios universales y verificables que por primera vez introducían la física celeste en el campo de la astronomía.

A pesar de una vida llena de desgracias e infortunios, con la muerte prematura de dos esposas y de seis de sus hijos, además de continuos exilios por motivos religiosos, las contribuciones científicas de Kepler fueron numerosas, tanto en el campo de la astronomía, como en los de la óptica, la geometría y el cálculo. Fue el fundador de la óptica moderna: dio explicaciones de cómo se producía la visión, diseñó lentes para corregir problemas de miopía e hipermetropía, y mejoró el telescopio, de modo que fue el primero en explicar su funcionamiento.

Kepler murió en Regensburg (Bavaria) el 15 de noviembre de 1630. Dos años después, el cementerio donde estaba su tumba fue destruido durante la Guerra de los Treinta Años.

Algunas notas sobre los personajes de la obra

Tycho Brahe (1546-1601): astrónomo danés.

Johannes Kepler (1571-1630): matemático y astrónomo alemán.

Nat (o Nox): personaje de ficción. Narra los hechos de la novela mediante las anotaciones que hace en su diario. De origen incierto, es acogida por Tycho Brahe cuando era un bebé y, con el tiempo, se convierte en la curandera de la familia. Posteriormente, hará de curandera en casa de Kepler e intentará esclarecer el misterio de la muerte de Tycho Brahe.

Longomontano (1562-1647): uno de los asistentes más preciados de Tycho Brahe. El nombre por el que se le conocía corresponde a la latinización del lugar donde nació, el pueblo de Lomborg, en Dinamarca. Fue el discípulo más fiel de Tycho Brahe. Años después de la muerte de su maestro, publicó una obra, *Astronomia Danica,* considerada como el testamento de Tycho, ya que en ella presenta tablas de mociones planetarias y desarrolla el modelo ticónico de ordenación del sistema solar.

Regina (1590-1617): hija de la señora Barbara e hijastra de Kepler.

Señora Kristine (?-1604): compañera de Tycho Brahe. Su unión fue morganática, ya que Tycho era noble y ella, ple-

beya. Tuvieron ocho hijos, seis de los cuales vivieron hasta la edad adulta. Vivieron juntos durante casi treinta años, hasta la muerte de Tycho. Kristine murió tres años después y recibió sepultura en la misma tumba, en la iglesia de Nuestra Señora de Praga.

Señora Sophia Brahe (1556-1643): hermana predilecta de Tycho Brahe. Pasaba largas temporadas con ella en Uraniborg, trabajando a su lado y manteniendo largas conversaciones sobre temas científicos. Sophia fue una gran horticultora, herborista, curandera e historiadora, con extensos conocimientos de astronomía y una gran pasión por la astrología.

Señora Barbara (1572-1611): esposa de Kepler, con quien se casó en terceras nupcias, a los veintitrés años. Tenía una hija, Regina, de su primer matrimonio.

El alquimista: personaje de ficción. Es uno de los alquimistas que trabajan al servicio de Rodolfo II. Se trata de un joven enigmático que despierta las sospechas de Nat.

El príncipe: personaje de ficción. Es un cortesano de gran poder, caído en desgracia desde que contrajo tuberculosis. Vive retirado, pero conoce todos los asuntos y las intrigas de palacio.

221

Jepp: bufón enano de Tycho Brahe. Se decía que era clarividente y que podía presagiar el desenlace de las enfermedades.

Konrad Axelsen y Tengnagel: asistentes de Tycho Brahe. Tengnagel se convirtió en su yerno, ya que se casó con Elisabeth, hija de Tycho y Kristine.

Erik Brahe (1552-1614): noble y diplomático sueco, pariente lejano de Tycho Brahe. Se encontraba en Praga cuando Tycho cayó enfermo y lo visitó en varias ocasiones en el transcurso de su enfermedad. Antes de encontrarse en Praga, los dos parientes no se conocían.

Erik Lange (1553-1613): noble danés, estudiante en Uraniborg. Dilapidó la fortuna de la familia por su dedicación a la alquimia. Fue el esposo de Sophia Brahe desde el año 1602 hasta su muerte.

Rodolfo II (1552-1612): emperador del Sacro Imperio Romano Germánico que trasladó la capital del Imperio de Viena a Praga. Apasionado de las artes, las ciencias y la astrología, fue protector de Tycho Brahe y Johannes Kepler, a los que encargó la confección de unas tablas astronómicas que recibieron el nombre de Tablas Rudolfinas.

Federico II de Dinamarca (1534-1588): rey de Dinamarca y Noruega. Amigo y protector de Tycho Brahe, le ofreció la isla de Hven y los feudos y privilegios que permitieron la construcción y el mantenimiento del observatorio de Uraniborg.

Cristiano IV de Dinamarca (1577-1648): rey de Dinamarca y Noruega. Sucedió a su padre, el rey Federico. Durante su reinado, Tycho Brahe perdió el favor real y, sin estos privilegios, tuvo que abandonar Hven y posteriormente Dinamarca.

Excepto Nat, el alquimista y el príncipe, el resto de los personajes de la obra son reales. La autora, en alguna instancia, se ha permitido libertades en cuanto a fechas y eventos que aparecen en la novela, sobre todo, en lo referente al personaje de Longomontano. Algunos de los comentarios de Kepler son anotaciones casi textuales de expresiones y reflexiones suyas, tal como se recogen en la obra Kepler, *de Max Caspar (Nueva York, Abelard Schuman, 1959).*

M. Pilar Gil

Badalona, 1967. Doctora en Ciencias Químicas, reside en Estados Unidos desde el año 1998. Actualmente vive en Providence, donde es investigadora en el departamento de Microbiología Molecular e Inmunología, en la Brown University.

Ha sido la ganadora del 34.º Premio Joaquim Ruyra de Narrativa Juvenil con la novela *Créixer amb Poe*. Ha colaborado en la colección Clásicos Universales de la Editorial Bambú, con las obras *El universo de Poe* y *Las aventuras de Tom Sawyer*.

La web de la autora es: www.cienciesilletres.com

Fabio Sardo

Fabio Sardo nació en 1977 en la provincia de Milán. Se diplomó en la Scuola del Fumetto (Escuela del Cómic de Milán) y, desde hace algunos años, trabaja como ilustrador profesional. Entre sus obras destaca la escenografía de *La Traviata* para el New National Theatre of Tokyo, varios libros educativos, ilustraciones para revistas, carteles, escenografías y animaciones teatrales.

Descubridores del mundo

Bajo la arena de Egipto
El misterio de Tutankamón
Philippe Nessmann

En la otra punta de la Tierra
La vuelta al mundo de Magallanes
Philippe Nessmann

En busca del río sagrado
Las fuentes del Nilo
Philippe Nessmann

Al límite de nuestras vidas
La conquista del polo
Philippe Nessmann

Al asalto del cielo
La leyenda de la Aeropostal
Philippe Nessmann

Los que soñaban con la Luna
Misión Apolo
Philippe Nessmann

Shackleton
Expedición a la Antártida
Lluís Prats

Descubridores científicos

Brahe y Kepler
El misterio de una muerte inesperada
M. Pilar Gil